悲喜自渡

季羡林 汪曾祺 等 著

长江出版社
CHANGJIANG PRESS

图书在版编目（CIP）数据

悲喜自渡 / 季羡林等著 . -- 武汉：长江出版社，2025. 1. -- ISBN 978-7-5492-9860-0

Ⅰ. I267

中国国家版本馆 CIP 数据核字第 2024EQ3429 号

悲喜自渡 / 季羡林等 著
BEIXI ZIDU

出　　版　长江出版社
（武汉市解放大道 1863 号　邮政编码：430010）
选题策划　薛天舒
市场发行　长江出版社发行部
网　　址　http://www.cjpress.cn
责任编辑　罗紫晨
特约编辑　关　耳
印　　刷　三河市九洲财鑫印刷有限公司
版　　次　2025 年 1 月第 1 版
印　　次　2025 年 1 月第 1 次印刷
开　　本　880mm×1230mm　1/32
印　　张　7.5
字　　数　166 千字
书　　号　ISBN 978-7-5492-9860-0
定　　价　49.80 元

电话：027-82926557（总编室） 027-82926806（市场营销部）

目　录
CONTENTS

第一章　触碰世间的无常

第二章　彼此疗愈的情爱

第三章　贪恋这人间烟火

第四章　不完美才是人生

第一章　触碰世间的无常

在人生的道路上，

每个人都是孤独的旅客。

生　机

丰子恺

去年除夕夜买的一球水仙花，养了两个多月，直到今天方才开花。

今春天气酷寒，别的花木萌芽都迟，我的水仙尤迟。因为它到我家来，遭了好几次灾难，生机被阻抑了。

第一次遭的是旱灾，其情形是这样：它于去年除夕到我家，当时因为我的别寓里没有水仙花盆，我特为跑到瓷器店去买一只纯白的瓷盘来供养它。这瓷盘很大、很重，原来不是水仙花盆。据瓷器店里的老头子说，它是光绪年间的东西，是官场中请客时用以盛某种特别肴馔的家伙。只因后来没有人用得着它，至今没有卖脱。我觉得普通所谓水仙花盆，长方形的、扇形的，在过去的中国画里都已看厌了，而且形式都不及这家伙好看。就假定这家伙是为我特制的水仙花盆，买了它来，给我的水仙花配合，形状色彩都很调和。看它们在寒窗下绿白相映，素艳可喜，谁相信这是官场中盛酒肉的东西？可是它们结合不到一个月，就要别离。为的是我要到石门湾去过阴历年，预期在缘缘堂住一个多月，希望把这水仙花带回去，看它开花才好。如何带法？颇费踌躇：叫工人阿毛拿了这盆水仙花乘火车，恐怕有人说阿毛提倡风雅；把它装进皮箱里，又不可能。于是阿毛提议："盘儿不要它，水仙花拔起来装在饼干箱里，携了上车，到家不过三四个钟头，不会旱杀的。"我通过了。水仙就与盘暂别，坐在饼干箱里旅行。回到家里，大家纷忙得很，我也忘记了水仙花。三天之后，阿毛突然说起，我猛然觉悟，找寻它的下落，原来被人当作饼干，搁在石灰甏上。连忙取出一看，绿叶憔悴，根须焦黄。阿毛说"勿碍"，立刻把它供养在家里旧有的水仙花盆中，又放些白糖在水里。幸而果然勿碍，过了几天它又欣欣向荣了。是为第一次遭的旱灾。

第二次遭的是水灾，其情形是这样：家里的水仙花盆中，原有许多色泽很美丽的雨花台石子。有一天早晨，被孩子们发见了，水仙花就遭殃：他们说石子里统是灰尘，埋怨阿毛不先将石子洗净，就代替他做这番工作。他们把水仙花拔起，暂时养在脸盆里，把石子倒在另一脸盆里，掇到墙角的太阳光中，给它们一一洗刷。雨花台石子浸着水，映着太阳光，光泽、色彩、花纹，都很美丽。有几颗可以使人想象起"通灵宝玉"来。看的人越聚越多，孩子们尤多，女孩子最热心。她们把石子照形状分类，照色彩分类，照花纹分类；然后品评其好坏，给每块石子打起分数来；最后又利用其形色，用许多石子拼起图案来。图案拼好，她们自去吃年糕了！年糕吃好，她们又去踢毽子了；毽子踢好，她们又去散步了。直到晚上，阿毛在墙角发见了石子的图案，叫道："咦，水仙花哪里去了？"东寻西找，发见它横卧在花台边上的脸盆中，浑身浸在水里。自晨至晚，浸了十来个小时，绿叶已浸得发肿、发黑了！阿毛说“勿碍”，再叫小石子给它扶持，坐在水仙花盆中。是为第二次遭的水灾。

第三次遭的是冻灾，其情形是这样的：水仙花在缘缘堂里住了一个多月。其间春寒太甚，患难迭起。其生机被这些天灾人祸所阻抑，始终不能开花。直到我要离开缘缘堂的前一天，它还是含苞未放。我此去预定暮春回来，不见它开花又不甘心，以问阿毛。阿毛说：“用绳子穿好，提了去！这回不致忘记了。”我赞成。于是水仙花倒悬在阿毛的手里旅行了。它到了我的寓中，仍旧坐在原配的盆里。雨水过了，不开花。惊蛰过了，又不开花。阿毛说：“不晒太阳的缘故。”就掇到阳台上，请它晒太阳。今年春寒殊甚，阳台上虽有太阳光，同时也有料峭的东风，使人立脚不住。所以人都闭居在室内，从不走到阳台上去看水仙花。房间内少了一盆水仙花也没有人查问。直到次日清晨，阿毛叫了：“啊哟！昨晚水仙花没有拿进来，冻杀了！”一看，盆内的水连底冻，敲也敲不开；水仙花里面的水分也冻，其鳞茎冻得像一块白石头，其叶子冻得像许多翡翠条。赶快拿进来，放在火炉边。久而久之，盆里的水融了，花里的水也融了；但是叶子很软，一条一条弯下来，叶尖儿垂在水面。阿毛说“乌者(糟了)”，我觉得的确有些儿“乌”，但是看它的花蕊还是笔挺地立着，想来生机没有完全丧尽，还有希望。以问阿毛，阿毛摇头，随后说：“索性拿到灶间里去，暖些，我也可以常常顾到。”我赞成。垂死的水仙花就被从房中移到灶间。是为第三次遭的冻灾。

谁说水仙花清？它也像普通人一样，需要烟火气的。自从移入灶间之后，叶子渐渐抬起头来，花苞渐渐展开。今天花儿开得很好了！阿毛送它回来，我见了心中大快。此大快非仅为水仙花。人间的事，只要生机不灭，即使重遭天灾人祸，暂被阻抑，终有抬头的日子。个人的事如此，家庭的事如此，国家、民族的事也如此。

感动是一种能力

毕淑敏

“感动”在词典上的意思是“思想感情受外界事物的影响而激动，引得同情或向慕”。虽然我对这本词典抱有崇高的敬意，依然认为这种说法不够精准，甚至有点词不达意。难道感动如此狭窄，只能将我们引向同情或是向慕的小道吗？这对感动来说，似乎不全面、不公平吧？感动的含义比这要丰饶得多、辽阔得多、深邃得多啊。

“感动”最望文生义、最直接的解释就是感情动起来了。你的眼睛会蒸腾出温热的霞光，你的听觉会察觉远古的微响，你的内心像有一只毛茸茸的小松鼠越过，它纤细而奔跑的影子惊扰了你，思维的树叶久久还在摇曳，你的手会不由自主地出汗，好像无意中捡到了天堂的房卡，你的足弓会轻轻地弹起，似乎想如赤脚的祖先一般奔跑在高原……

感动的来源是我们的感官，眼耳鼻舌身加上触觉和压觉。如果封闭了我们的感官就戮杀了感动的根，当然也就看不到感动的芽和感动的果了。

感官是一群懒惰的小精灵，同样的事物经历得多了，感官就麻痹松懈了。现代社会五光十色，瞬息万变，感官更像被塞进太多脂肪的孩子，变得厌食和疲沓。如今人渐渐丧失了感动的能力，感动闪现的时间越来越短，感动扩散的涟漪越来越淡。因为稀缺，感动变成了奢侈品。很多人无法享受感动，于是他们反过来讥讽感动，嘲笑感动，把感动和理性对立起来，将感动打入盲目和幼稚的泥沼之中。

感动是一种幸福，在物欲横流的尘垢中，顽强闪现着钻石般的瑰彩。当我们为古树下的一株小草绝不自惭形秽，而是昂首挺胸成长而感动的时刻，其实我们想到的是人的尊严。我上小学的时候，在一次考试中，得到了有生以来最差的分数。万念俱灰之时我看到一只蜘蛛锲而不舍地在织补它残破的网。它已经失败了三次，一次是因为风，一次是因为比它凶猛百倍的鸟，第三次是因为我的恶作剧。蜘蛛把破坏者感动了，风改了道，鸟儿不再飞过，我把百无聊赖的手握成了拳。我知道自己可以如同它那样，用努力和坚忍弥补天灾人祸，重新纺出梦想。我也曾在藏北雪原仰望浩渺星空而泪流满面，一种博大的感动类似天毯，自九天而下裹挟全身。银河如此浩瀚，在我浅淡生命之前无数年代，它们就已存在，在我生命之后无数年代，它们也依然存在。那么，我的存在又有什么意义呢？在这个惶然的瞬间，我被存在而感动，决心要对得起这稍纵即逝的生命。

我喜欢常常感动的女人，不论那感动我们的起因，是一瓣花还是一滴水，是一个笑颜还是一缕白发，是一本举足轻重的证书还是只言片语的旧笺……引发感动的导火索，也许不胜枚举，可以有形，也可以是无所不在的氛围和若隐若现的天籁。感动可以有着任何颜色的羽毛，在清晨或是深夜，不打招呼就进入心灵的客厅，在那里和我们的灵魂倾谈。

珍惜我们的感动，就是珍惜了生命的零件。在感动中我们耳濡目染，不由自主地逼近那些曾经感动过我们的灵魂。也许有一天，我们也在无意间成了感动的小小源头，它淙淙地流向了另一双渴望感动的眼眸。

在病房中

季羡林

我已经到了望九之年；但生平只住过一次医院，那是真病。这次又无端住进了病房，堂而皇之地穿上病号衣服。实际上我没有真病，只不过是为白内障做手术做好准备而已。我自己感觉是病房中的假病号，应该归入“假冒伪劣”之列。心里觉得颇为滑稽可笑。

第一次住进医院时，我被北大那一位臭名昭著的“老佛爷”戴上那许多顶莫须有的政治帽子，一顶也没有摘掉。说它们有，它们没有；说它们没有，它们又似乎真有，都在虚无缥缈间，我作为人的定位，也在虚无缥缈间。到了医院，几乎到处遭到白眼。虽然托了人，仍然被放在一间有十几个人住的大病房中。同房的人看来都是“必须领导一切”的人，这一点从谈话中就可以知道。在当时的政治氛围中，他们确实表现出了“领导一切”的气概，可是我总怀疑其中不乏泡病号者。他们谈笑风生，睥睨一切，身体强壮，逸兴遄飞。几乎每一个人床头抽屉中都有一个小厨房，油盐酱醋，外加黄瓜和西红柿等，用以济医院厨房之穷。看样子，他们有些人似乎想以此为家，久居不迁。在他们眼中，我无疑是一“异类”，没有几个人愿意或者敢或肯搭理我。我的病因是六天水米没有进口，我的一个学生冒着点风险，把我用救护车送进了医院。“岁寒然后知松柏之后凋也。”我对这一位真正经过了考验的忠诚不贰的学生，永世感激。经过了两天一夜的点滴，我总算是从死亡的边界上又被抢了回来。我一能自己吃饭，立即请求大夫，放我回家，还我以自由自在身。

焉知二十六七年以后，现在我又以冒牌病号的身份住进了病房。沧海桑田，此时已换了人间，阴霾已过，天日重明。我头顶上那许多顶帽子早已无影无踪。现在换上了一摞另一种性质的帽子，有的大得、辉煌得令人害怕。我如果有什么优点的话，那就是多少还有点自知之明。我知道自己吃几碗干饭，常人都知道，骂煞难而捧煞易。骂煞一关，我已经渡过。对捧煞一关，我头脑还是清楚的。在进入病房之前，捧风尚未飘入医院，曾碰过一些小小的钉子。进入病房以后，碰巧供病人翻阅报纸杂志中，有《中华英才》，又碰巧里面有介绍我的文章，附有大幅照片。又碰巧中央人民广播电台赶到医院中来采访，是经院长特别批准的，情况特殊，惊师动众，于是我就露了“峥嵘”，大夫、护士，人人笑脸相迎。同“前度刘郎”的心情，有点“天上，人间”的味道了。

但是，是不是一切都这样顺利呢？我的内心是不是都和谐平衡呢？也不是的。大家大概知道，白内障手术是一个小手术。但是，也有忌讳。患糖尿病者绝对不能做。其次是心脏病，我正属于后者，三十五年前，已经戴上了冠心病的帽子。当时，大夫千劝告，万嘱咐，要我一定随身带上硝酸甘油。我遵命带了若干年。但是我在这期间曾乘十八个小时飞机，飞赴法兰克福，曾四飞日本，三飞印度，一飞泰国。也曾攀登几千米高的黄山，任何事情都没有发生。于是我下定决心，丢开硝酸甘油。但是有冠心病，毕竟是事实，屡次查体，都得到同样结论，这一次进医院前，也查过一次。进病房后，心脏科大夫又专门仔仔细细检查过一次，事实俱在，无可抵赖。这就给主刀大夫和病房主治大夫增加了思想负担。后者偷偷地告诉了陪伴我的人，要我们做好思想准备。虽然我三十多年没有发病，如果万一，十万一，百万一在手术台上发生了房颤（心房颤动），则后果就不堪设想，重则去见马克思，轻则丢掉一只眼睛。她劝说：能够不做，就不做了吧。可是，我既然来了，焉有空手而归之理！于是终于还是坐着轮椅，后面跟着一排朋友、同事和学生，气势轩昂地走进了手术室。在坐着等候上台的时候，我又被从十五楼特意调来的心脏科大夫推着巨大心脏监护仪器问了一遍。这当然会给我增加心理负担。眼部扎麻醉针是并不愉快的，我已经扎过了针，心里虽颇坦然；但是，脑袋忽然一闪念：如果我戴着眼罩，带着半边麻醉过的脸，从手术台上一个箭步蹿了下来，推门逃之夭夭，那岂不会成为空前的笑话吗？如果有《新儒林外史》，也会写上一笔的。说我一点都不紧张，那不是真话，但我还是坐着没有动。我也有我的“诚则灵”。主刀大夫是有名的“天下第一刀”，手术台旁又坐着心脏科大夫，操纵着心脏监测器。我感觉到安全，增强了信心，静静地躺在台上。大夫又叮嘱说：如果有哪怕是一点点不舒服，请马上说话。这一句轻轻的话，有如甘露，有如醍醐。我心里异常平静，静候着“第一刀”。

我临离开家的时候，除了带上一些稿纸和没有写完的稿子之外，我不知为什么顺手拿了一册《苏轼词》。坐在汽车上，心里莫名其妙地颇有一点“风萧萧兮易水寒”的滋味。又忽然莫名其妙地在心里背诵起苏东坡的“明月几时有？把酒问青天。不知天上宫阙，今夕是何年？”这一首有名的词来。从头背到底，又反回来重背。我同陪我去医院的人基本上没有说话。到了医院，下车进入病房，我忽然又是一闪念：难道背诵这一首生平曾背诵千百遍的名作还会预示着什么征兆吗？

现在我静静地躺在手术台上，只有脸的右半是麻木的，脑筋却是异常清醒的。我心平气和地躺着，静听主刀大夫和那一位心脏科男大夫轻声细语地商量着什么，又听女大夫要什么晶体。一会是柔和的女低音，一会是低沉的男低音，汇合成一段绝美的极有感染力的动人心魄的音乐。我当然什么都看不到，有时感到右眼中流过一股细流，微有凉意。我能想象，不，我似乎能够看到那女大夫纤巧无与伦比的双手在我眼上舞动着。这时又蓦然在我脑海里浮现出来了苏轼的词。这次不是“明月几时有”，而是《浣溪沙》：“缥缈红妆照浅溪，薄云疏雨不成泥。送君何处古台西。废沼夜来秋水满，茂林深处晓莺啼。行人肠断草凄迷。”我一遍一遍地背诵。胡为乎来哉！我说不出。难道这也会预示着什么征兆吗？

手术顺利完成。我既没有去见马克思，也没有丢掉一只眼睛，我真正虔诚地向几位大夫致谢，“整个地”走出了手术室。大家群情欢悦，又浩浩荡荡地护送我回到病房。此时又有学生来探视。我们大家去手术室时和回来时的心情，有天渊之别，这自不待说。此时我们各自心中的喜悦在病房中汇成了共同的一点灵犀。

别 话

许地山

素辉病得很重，离她停息的时候不过是十二个时辰了。她丈夫坐在一边，一手支颐，一手把着病人的手臂，宁静而恳挚的眼光都注在他妻子的面上。

黄昏的微光一分一分地消失，幸而房里都是白的东西，眼睛不至于失了他们的辨别力。屋里的静默，早已布满了死的气色；看护妇又不进来，她的脚步声只在门外轻轻地蹀过去，好像告诉屋里的人说："生命的步履不望这里来，离这里渐次远了。"

强烈的电光忽然从玻璃泡里的金丝发出来。光的浪把那病人的眼睑冲开。丈夫见她这样，就回复她的希望，恳挚地说："你——你醒过来了！"

素辉好像没听见这话，眼望着他，只说别的。她说："嗳，珠儿的父亲，在这时候，你为什么不带她来见见我？"

"明天带她来。"

屋里又沉默了许久。

“珠儿的父亲哪，因为我身体软弱、多病的缘故，教你牺牲许多光阴来看顾我，还阻碍你许多比服事我更要紧的事。我实在对你不起。我的身体实不容我……”

“不要紧的，服事你也是我应当做的事。”

她笑。但白的被窝中所显出来的笑容并不是欢乐的标识。她说：“我很对不住你，因为我不曾为我们生下一个男儿。”

“哪里的话！女孩子更好。我爱女的。”

凄凉中的喜悦把素辉身中预备要走的魂拥回来。她的精神似乎比前强些，一听丈夫那么说，就接着道：“女的本不足爱；你看许多人——连你——为女人惹下多少烦恼！……不过是——人要懂得怎样爱女人，才能懂得怎样爱智慧。不会爱或拒绝爱女人的，纵然他没有烦恼，他是万灵中最愚蠢的人。珠儿的父亲，珠儿的父亲哪，你佩服这话么？”

这时，就是我们——旁边的人——也不能为珠儿的父亲想出一句答辞。

“我离开你以后，切不要因为我，就一辈子过那鳏夫的生活。你必要为我的缘故，依我方才的话爱别的女人。”她说到这里把那只几乎动不得的右手举起来，向枕边摸索。

“你要什么？我替你找。”

“戒指。”

丈夫把她的手扶下来，轻轻在她枕边摸出一只玉戒指来递给她。

“珠儿的父亲，这戒指虽不是我们订婚用的，却是你给我的；你可以存起来，以后再给珠儿的母亲，表明我和她的连属。除此以外，不要把我的东西给她，恐怕你要当她是我；不要把我们的旧话说给她听，恐怕她要因你的话就生出差别心，说你爱死的妇人甚于爱生的妻子。”她把戒指轻轻地套在丈夫左手的无名指上。丈夫随着扶她的手与他的唇边略一接触。妻子对于这番厚意，只用微微睁开的眼睛看着他。除掉这样的回报，她实在不能表现什么。

丈夫说：“我应当为你做的事，都对你说过了。我再说一句，无论如何，我永久爱你。”

“咦，再过几时，你就要把我的尸体扔在荒野中了！虽然我不常住在我的身体内，可是人一离开，再等到什么时候，在什么地方才能互通我们恋爱的消息呢？若说我们将要住在天堂的话，我想我也永无再遇见你的日子，因为我们的天堂不一样。你所要住的，必不是我现在要去的。何况我还不配住在天堂。我虽不信你的神，我可信你所信的真理。纵然真理有能力，也不为我们这小小的缘故就永远把我们结在一块。珍重罢，不要爱我于离别之后。”

丈夫既不能说什么话，屋里只可让死的静寂占有了。楼底下恍惚敲了七下自鸣钟。他为尊重医院的规则，就立起来，握着素辉的手说：“我的命，再见罢，七点钟了。”

“你不要走，我还和你谈话。”

“明天我早一点来，你累了，歇歇罢。”

“你总不听我的话。”她把眼睛闭了，显出很不愿意的样子。丈夫无奈，又停住片时，但她实在累了，只管躺着，也没有什么话说。

丈夫轻轻蹑出去。一到楼口，那脚步又退后走，不肯下去。他又蹑回来，悄悄到素辉床边，见她显着昏睡的形态，枯涩的泪点滴不下来，只挂在眼睑之间。

索菲亚的愁苦

萧　红

侨居在哈尔滨的俄国人那样多。从前他们骂着："穷党，穷党。"

连中国人开着的小酒店或是小食品店都怕穷党进去。谁都知道穷党喝了酒常常付不出钱来。

可是现在那骂着"穷党"的，他们做了"穷党"了：马车夫，街上的浮浪人，叫化子，至于那大胡子的老磨刀匠，至于那去过欧战的独腿人，那拉手风琴在乞讨铜板的，人们叫他街头音乐家的独眼人。

索菲亚的父亲就是马车夫。

索菲亚是我的俄文教师。

她走路走得很漂亮，像跳舞一样。可是她跳舞跳得怎样呢？那我不知道，因为我还不懂得跳舞。但是我看她转着那样圆的圈子，我喜欢她。

没多久，熟识了之后，我们是常常跳舞的。

"再教我一个新步法！这个，你看我会了。"

桌上的表一过十二点，我们就停止读书。我站起来，走了一点姿式给她看。

“这样可以吗？左边转，右边转，都可以。”

“怎么不可以！”她的中国话讲得比我们初识的时候更好了。

为着一种情感，我从不以为她是一个“穷党”，几乎连那种观念也没有存在。

她唱歌唱得也很好，她又教我唱歌。有一天，她的手指甲染得很红的来了。还没开始读书，我就对她的手很感到趣味，因为没有看到她装饰过。她从不涂过粉，嘴唇也是本来的颜色。

“嗯哼，好看的指甲啊！”我笑着。

“呵！坏的，不好的，涅克拉西为。”可是她没有笑，她一半说着俄国话。“涅克拉西为”是不美的难看的意思。

我问她：“为什么难看呢？”

“读书，读书，十一点钟了。”她没有回答我。

后来我们再熟识的时候，不仅跳舞，唱歌，我们谈着服装，谈着女人：西洋女人，东洋女人，俄国女人，中国女人。有一天我们正在讲解着文法。窗子上有红光闪了一下，我招呼着：“快看！漂亮哩！”房东的女儿穿着红缎袍子走过去。

我想，她一定要称赞一句，可是她没有：

“白吃白喝的人们！”

这样合乎文法完整的名词，我不知道为什么她能说出来？当时我只是为着这名词的构造而惊奇。至于这名词的意义好像以后才发现出来。

后来，过了很久，我们谈着思想，我们成了好友了。

“白吃白喝的人们，是什么意思呢？”我已经问过她几次了，但仍常常问她。

她的解说很有意思：

“猪一样的，吃得很好，睡得很好。什么也不做，什么也不想……”

“那么，白吃白喝的人们将来要做‘穷党’了吧？”

“是的，要做‘穷党’的。不，可是……”她连一丝笑纹也从脸上退走了。

不知多久，没再提到“白吃白喝”这句话。我们又回转到原来友情上的寸度：跳舞，唱歌，连女人也不再说到。我的跳舞步法也和友情一样没有增加，这样一直继续到巴斯哈节（即逾越节，犹太教主要节日）。

节前的几天，索菲亚的脸色比平日更惨白些，嘴唇白得几乎和脸色一个样，我也再不要求她跳舞。

就是节前的一日，她说：“明天过节，我不来，后天来。”

后天，她来的时候，她向我们说着她愁苦，这很意外。友情因为这个好像又增加起来。

“昨天是什么节呢？”

“巴斯哈节，为死人过的节。染红的鸡子带到坟上去，花圈带到坟上去……”

“什么人都过吗？犹太人也过巴斯哈节吗？”

“犹太人也过，‘穷党’也过，不是‘穷党’也过。”

到现在我想知道索菲亚为什么她也是“穷党”，然而我不能问她。

“愁苦，我愁苦……妈妈又生病，要进医院，可是又请不到免费证。”

“要进那个医院？”

“专为俄国人设的医院。”

“请免费证，还要很困难的手续吗？”

“没有什么困难的，只要不是‘穷党’。”

有一天，我只吃着干面包。那天她来得很早，差不多九点半钟她就来了。

“营养不好，人是瘦的，黑的，工作得少，工作得不好。慢慢健康就没有了。”

我说：“不是，只喜欢空吃面包，而不喜欢吃什么菜。”

她笑了：“不是喜欢，我知道为什么。昨天我也是去做客，妹妹也是去做客。爸爸的马车没有赚到钱，爸爸的马也是去做客。”

我笑她：“马怎么也会去做客呢？”

“会的，马到它的朋友家里去，就和它的朋友站在一道吃草。”

俄文读得一年了！索菲亚家的大牛生了小牛她也是向我说的，并且当我到她家里去做客，若当老羊生了小羊的时候，我总是要吃羊奶的。并且在她家里我还看到那还不很会走路的小羊。

“吉卜西人是‘穷党’吗？怎么中国人也叫他们‘穷党’呢？”这样话，好像在友情最高的时候更不能问她。

“吉卜西人也会讲俄国话的，我在街上听到过。”

“会的，犹太人也多半会俄国话！”索菲亚的眉毛动弹了一下。

“在街上拉手风琴的，一个眼睛的人，他也是俄国人吗？”

“是俄国人。”

“他为什么不回国呢？”

“回国！那你说我们为什么不回国！”她的眉毛好像在黎明时候静止着的树叶，一点也没有摇摆。

“我不知道。”我实在是慌乱了一刻。

“那么犹太人回什么国呢？”

我说：“我不知道。”

春天柳条抽着芽子的时候，常常是阴雨的天气，就在雨丝里一种沉闷的鼓声来在窗外了：

“咚咚，咚咚！”

“犹太人，他就是父亲的朋友，去年巴斯哈节他是在我们家里过的。他世界大战的时候去打过仗。”

“咚咚，咚咚，瓦夏！瓦夏！”

我一面听着鼓声，一面听到喊着瓦夏，索菲亚的解说在我感不到力量和微弱。

“为什么他喊着瓦夏？”我问。

“瓦夏是他的伙伴，你也会认识他……是的，就是你说的中央大街上拉手风琴的人。”

那犹太人的鼓声并不响了，但仍喊着瓦夏，那一双肩头一起耸起又一起落下，他的腿是一只长腿一只短腿。那只短腿使人看了会并不相信是存在的，那是从腹部以下就完全失去了，和丢掉一只腿的蛤蟆一样畸形。

他经过我们的窗口，他笑笑。

“瓦夏走得快哪！追不上他了。”这是索菲亚给我翻译的。

等我们再开始讲话，索菲亚她走到屋角常青树的旁边：

“屋子太没趣了，找不到灵魂，一点生命也感不到地活着啊！冬天屋子冷，这树也黄了。”

我们的谈话，一直继续到天黑。

索菲亚述说着在落雪的一天，她跌了交，从前安得来夫将军的儿子在路上骂她“穷党”。

“……你说，那猪一样的东西，我该骂他什么呢？——骂谁‘穷党’！你爸爸的骨头都被‘穷党’的煤油烧掉了——他立刻躲开我，他什么话也没有再回答。‘穷党’，吉卜西人也是‘穷党’，犹太人也是‘穷党’。现在真正的‘穷党’还不是这些人，那些沙皇的子孙们，那些流氓们才是真正的‘穷党’。”

索菲亚的情感约束着我，我忘记了已经是应该告别的时候。

“去年的巴斯哈节，爸爸喝多了酒，他伤心……他给我们跳舞，唱高加索歌……我想他唱的一定不是什么歌曲，那是他想他家乡的心的嚎叫，他的声音大得厉害哩！我的妹妹米娜问他：‘爸爸唱的是哪里的歌？’他接着就唱起‘家乡’‘家乡’来了，他唱着许多家乡。可是我和米娜一点也不知道‘家乡’，我们生在中国地方，高加索，我们对它一点什么也不知道。妈妈也许是伤心的，她哭了！犹太人哭了——拉手风琴的人，他哭的时候把吉卜西女孩抱了起来。也许他们都想着‘家乡’。可是，吉卜西女孩不哭，我也不哭。米娜还笑着，她举起酒瓶来跟着父亲跳高加索舞，她一面说：‘这就是火把！’爸爸说：‘对的。’他还是说高加索舞是有火把的。米娜一定是从电影上看到过火把。……爸爸举着三弦琴。”

“爸爸坐下来，手风琴还没立刻停住。‘你很高兴吗？高加索舞很好看吗？米娜，你还没有看到过真正的高加索舞，你不是高加索的孩子！’爸爸问着她。”

索菲亚忽然变了一种声音：

“不知道吧！为什么我们做‘穷党’？因为是高加索人。哈尔滨的高加索人还不多，可是没有生活好的。从前是‘穷党’，现在还是‘穷党’。爸爸在高加索的时候种田，来到中国也是种田。现在他赶马车，他是一九一二年和妈妈跑到中国来。爸爸总是说：‘那里也是一样，干活计就吃饭。’这话到现在他是不说的了……”

她父亲的马车回来了，院子里啷啷地响着铃子。

我再去看她，那是半年以后的事。临告别的时候索菲亚才从床上走下地板来。

“病好了我是回国的。工作，我不怕，人是要工作的。传说，那边工作很厉害。母亲说，还是不要回去吧！可是人们没有想想，人们以为这边比那边待他还好！”

走到门外她还说：

“‘回国证’怕是难一点，不要紧，没有回国证我也是要回去的。”

她走路的样子再不像跳舞了，迟缓与艰难。

过了一个星期，我又去看她，我是带着糖果。

“索菲亚是进了病院的。”她的母亲说。

“病院在什么地方？”

她的母亲说的完全是俄语，那些俄文的街名无论怎样是我所不懂的。

“可以吗？我去看看她？”

“可以，星期日可以，平常不可以。”

“医生说她是什么病？”

“肺病，很轻的肺病，没有什么要紧。回国证她是得不到的，‘穷党’回国是难的。”

我把糖果放下就走了。这次送我出来的不是索菲亚，而是她的母亲。

肉食者不鄙

汪曾祺

狮子头

狮子头是淮安菜。猪肉肥瘦各半，爱吃肥的亦可肥七瘦三，要“细切粗斩”，如石榴米大小，荸荠切碎，与肉末同拌，用手抟成招柑大的球，入油锅略炸，至外结薄壳，捞出，放进水锅中，加酱油、糖，慢火煮，煮至透味，收汤放入深腹大盘。

狮子头松而不散，入口即化，北方的“四喜丸子”不能与之相比。

周总理在淮安住过，会做狮子头，曾在重庆红岩八路军办事处做过一次，说：“多年不做了，来来来，尝尝！”想必做得很成功，因为语气中流露出得意。

我在淮安中学读过一个学期，食堂里有一次做狮子头，一大锅油，狮子头像炸麻团似的在油里翻滚，捞出，放在碗里上笼蒸，下衬白菜。一般狮子头多是红烧，食堂所做却是白汤，我觉最能存其本味。

镇江肴蹄

镇江肴蹄，盐渍，加硝，放大盆中，以巨大石块压之，至肥瘦肉都已板实，取出，煮熟，晾去水气，切厚片，装盘。瘦肉颜色殷红，肥肉白如羊脂玉，入口不腻。

吃肴肉，要蘸镇江醋，加嫩姜丝。

乳腐肉

乳腐肉是苏州松鹤楼的名菜，制法未详，我所做乳腐肉乃以意为之。猪肋肉一块，煮至六七成熟，捞出，俟冷，切大片，每片须带肉皮，肥瘦肉，用煮肉原汤入锅，红乳腐碾烂，加冰糖、黄酒，小火焖。乳腐肉嫩如豆腐，颜色红亮，下饭最宜。汤汁可蘸银丝卷。

腌笃鲜

上海菜。鲜肉和咸肉同炖，加扁尖笋。

东坡肉

浙江杭州、四川眉山，全国到处都有东坡肉。苏东坡爱吃猪肉，见于诗文。东坡肉其实就是红烧肉，功夫全在火候。先用猛火攻，大滚几开，即加作料，用微火慢炖，汤汁略起小泡即可。东坡论煮肉法，云须忌水，不得已时可以浓茶烈酒代之。完全不加水是不行的，会焦糊粘锅，但水不能多，要加大量黄酒。扬州炖肉，还要加一点高粱酒。加浓茶，我试过，也吃不出有什么特殊的味道。

传东坡有一首诗："无竹令人俗，无肉令人瘦，若要不俗与不瘦，除非天天笋烧肉。"未必可靠，但苏东坡有时是会写这种打油体的诗的。冬笋烧肉，是很好吃。我的大姑妈善做这道菜，我每次到姑妈家，她都做。

霉干菜烧肉

这是绍兴菜，全国各处皆有，但不似绍兴人三天两头就要吃一次，鲁迅一辈子大概都离不开霉干菜。《风波》里所写的蒸得乌黑的霉干菜很诱人，那大概是不放肉的。

黄鱼鲞烧肉

宁波人爱吃黄鱼鲞（黄鱼干）烧肉，广东人爱吃咸鱼烧肉，这都是外地人所不能理解的口味，其实这种搭配是很有道理的。近几年因为违法乱捕，黄鱼产量锐减，连新鲜黄鱼都很难吃到，更不用说黄鱼鲞了。

火腿

浙江金华火腿和云南宣威火腿风格不同。金华火腿味清，宣威火腿味重。

昆明过去火腿很多，哪一家饭铺里都能吃到火腿。昆明人爱吃肘棒的部位，横切成圆片，外裹一层薄皮，里面一圈肥肉，当中是瘦肉，叫作“金钱片腿”。正义路有一家火腿庄，专卖火腿，除了整只的、零切的火腿，还可以买到火腿脚爪、火腿油。火腿油炖豆腐很好吃。护国路原来有一家本地馆子，叫“东月楼”，有一道名菜“锅贴乌鱼”，乃以乌鱼片两片，中夹火腿一片，在平底铛上烙熟，味道之鲜美，难以形容。前年我到昆明去，向本地人问起东月楼，说是早就没有了，“锅贴乌鱼”遂成《广陵散》。

华山南路吉庆祥的火腿月饼，全国第一。一个重旧秤四两，名曰“四两砣”。吉庆祥还在，而且有了分号，所制四两砣不减当年。

腊肉

湖南人爱吃腊肉。农村人家杀了猪，大部分都腌了，挂在厨灶房梁上，烟薰成腊肉。我不怎样爱吃腊肉，有一次在长沙一家大饭店吃了一回蒸腊肉，这盘腊肉真叫好。通常的腊肉是条状，切片不成形，这盘腊肉却是切成颇大的整齐的方片，而且蒸得极烂，我没有想到腊肉能蒸得这样烂！入口香糯，真是难得。

夹沙肉、芋泥肉

夹沙肉和芋泥肉都是甜的，夹沙肉是川菜，芋泥肉是广西菜。厚膘臀尖肉，煮半熟，捞出，沥去汤，过油灼肉皮起泡，候冷，切大片，两片之间不切通，夹入豆沙，装碗笼蒸，蒸至四川人所说“不烂”倒扣在盘里，上桌，是为夹沙肉。芋泥肉做法与夹沙肉相似，芋泥较豆沙尤为细腻，且有芋香，味较夹沙肉更胜一筹。

白肉火锅

白肉火锅是东北菜。其特点是肉片极薄，是把大块肉冻实了，用刨子刨出来的，故入锅一涮就熟，很嫩。白肉火锅用海蛎子（蚝）作锅底，加酸菜。

烤乳猪

烤乳猪原来各地都有，清代满汉餐席上必有这道菜，后来别处渐渐没有，只有广东一直盛行，大饭店或烧腊摊上的烤乳猪都很好。烤乳猪如果抹一点甜面酱卷薄饼吃，一定不亚于北京烤鸭。可惜广东人不大懂得吃饼，一般烤乳猪只作为冷盘。

乞　丐

朱自清

“外国也有乞丐”，是的；但他们的丐道或丐术不大一样。近些年在上海常见的，马路旁水门汀上用粉笔写着一大堆困难情形，求人帮助，粉笔字一边就坐着那写字的人，——北平也见过这种乞丐，但路旁没有水门汀，便只能写在纸上或布上——却和外国乞丐相像；这办法不知是“来路货”呢，还是“此心同，此理同”呢？

伦敦乞丐在路旁画画的多，写字的却少。只在特拉伐加方场附近见过一个长须老者（外国长须的不多），在水门汀上端坐着，面前几行潦草的白粉字。说自己是大学出身，现在一寒至此，大学又有何用，这几句牢骚话似乎颇打动了一些来来往往的人，加上老者那炯炯的双眼，不露半星儿可怜相，也教人有点肃然。他右首放着一只小提箱，打开了，预备人往里扔钱。那地方本是四通八达的闹市，扔钱的果然不少。箱子内外都撒的铜子儿（便士）；别的乞丐却似乎没有这么好的运气。

画画的大半用各色粉笔，也有用颜料的。见到的有三种花样。或双钩 To Live（求生）二字，每一个字母约一英尺见方，在双钩的轮廓里精细地作画。字母整齐匀净，通体一笔不苟。或双钩 Good Luck（好运）二字，也有只用 Luck（运气）一字的。——“求生”是自道；“好运”“运气”是为过客颂祷之辞。或画着四五方风景，每方大小也在一英尺左右。通常画者坐在画的一头，那一头将他那旧帽子翻过来放着，铜子儿就扔在里面。

这些画丐有些在艺术学校受过正式训练，有些平日爱画两笔，算是“玩意儿”。到没了落儿，便只好在水门汀上动起手来了。一九三二年五月十日，这些人还来了一回展览会。那天的晚报（*The Evening News*）上选印了几幅，有两幅是彩绣的。绣的人诨名“牛津街开特尔老大”，拳乱时做水手，来过中国，他还记得那时情形。这两幅画绣在帆布（画布）上，每幅下了八万针。他绣过英王爱德华像，据说颇为当今王后所赏识；那是他生平最得意的时候。现在却只在牛津街上浪荡着。

晚报上还记着一个人。他在杂戏馆（Halls）干过三十五年，名字常大书在海报上。三年前还领了一个杂戏班子游行各处，他扮演主要的角色。英伦三岛的城市都到过；大陆上到过百来处，美国也到过十来处。也认识贾波林。可是时运不济，“老伦敦”却没一个子儿。他想起从前朋友们说过静物写生多么有意思，自己也曾学着玩儿；到了此时，说不得只好凭着这点“玩意儿”在泰晤士河长堤上混混了。但是他怕认得他的人太多，老是背向着路中，用大帽檐遮了脸儿。他说在水门汀上作画颇不容易；最怕下雨，几分钟的雨也许毁了整天的工作。他说总想有朝一日再到戏台上去。

画丐外有乐丐。牛津街见过一个，开着话匣子，似乎是坐在三轮自行车上；记得颇有些堂哉皇也的神气。复活节星期五在冷街中却见过一群，似乎一人推着风琴，一人按着，一人高唱《颂圣歌》——那推琴的也和着。这群人样子却就狼狈了。据说话匣子等等都是赁来；他们大概总有得赚的。另一条冷街上见过一个男的带着两个女的，穿得像刚从垃圾堆里出来似的。一个女的还抹着胭脂，简直是一块块红土！男的奏乐，女的乱七八糟的跳舞，在刚下完雨泥滑滑的马路上。这种女乞丐像很少。又见过一个拉小提琴的人，似乎很年轻，很文雅，向着步道上的过客站着。右手本来抱着个小猴儿；拉琴时先把它抱在左肩头蹲着。拉了没几弓子，猴儿尿了；他只若无其事，让衣服上淋淋漓漓的。

牛津街上还见过一个，那真狼狈不堪。他大概赁话匣子等等的力量都没有；只找了块板儿，三四尺长，五六寸宽，上面安上条弦子，用只玻璃水杯将弦子绷起来。把板儿放在街沿下，便蹲着，两只手穿梭般弹奏着。那是明灯初上的时候，步道上人川流不息；一双双脚从他身边匆匆的跨过去，看见他的似乎不多。街上汽车声脚步声谈话声混成一片，他那独弦的细声细气，怕也不容易让人听见。可是他还是埋着头弹他那一手。

几年前一个朋友还见过背诵狄更斯小说的。大家正在戏园门口排着班等买票；这个人在旁背起《块肉余生述》来，一边念，一边还做着。这该能够多找几个子儿，因为比那些话匣子等等该有趣些。

警察禁止空手空口的乞丐，乞丐便都得变做卖艺人。若是无艺可卖，手里也得拿点东西，如火柴皮鞋带之类。路角落里常有男人或女人拿着这类东西默默站着，脸上大都是黯淡的。其实卖艺，卖物，大半也是幌子；不过到底教人知道自尊些，不许不做事白讨钱。只有瞎子，可以白讨钱。他们站着或坐着；胸前有时挂一面纸牌子，写着“盲人”。又有一种人，在乞丐非乞丐之间。有一回找一家杂耍场不着，请教路角上一个老者。他殷勤领着走，一面说刚失业，没钱花，要我帮个忙儿。给了五个便士（约合中国三毛钱），算是酬劳，他还争呢。其实只有二三百步路罢了。跟着走，诉苦，白讨钱的，只遇着一次；那里街灯很暗，没有警察，路上人也少，我又是外国人，他所以厚了脸皮，放了胆子——他自然不是瞎子。

匆　匆

朱自清

燕子去了，有再来的时候；杨柳枯了，有再青的时候；桃花谢了，有再开的时候。但是，聪明的，你告诉我，我们的日子为什么一去不复返呢？——是有人偷了他们罢：那是谁？又藏在何处呢？是他们自己逃走了罢：现在又到了哪里呢？

我不知道他们给了我多少日子，但我的手确乎是渐渐空虚了。在默默里算着，八千多日子已经从我手中溜去；像针尖上一滴水滴在大海里，我的日子滴在时间的流里，没有声音，也没有影子。我不禁头涔涔而泪潸潸了。

去的尽管去了，来的尽管来着；去来的中间，又怎样地匆匆呢？早上我起来的时候，小屋里射进两三方斜斜的太阳。太阳他有脚啊，轻轻悄悄地挪移了；我也茫茫然跟着旋转。于是——洗手的时候，日子从水盆里过去；吃饭的时候，日子从饭碗里过去；默默时，便从凝然的双眼前过去。我觉察他去的匆匆了，伸出手遮挽时，他又从遮挽着的手边过去，天黑时，我躺在床上，他便伶伶俐俐地从我身上跨过，从我脚边飞去了。等我睁开眼和太阳再见，这算又溜走了一日。我掩着面叹息。但是新来的日子的影儿又开始在叹息里闪过了。

在逃去如飞的日子里，在千门万户的世界里的我能做些什么呢？只有徘徊罢了，只有匆匆罢了；在八千多日的匆匆里，除徘徊外，又剩些什么呢？过去的日子如轻烟，被微风吹散了，如薄雾，被初阳蒸融了；我留着些什么痕迹呢？我何曾留着像游丝样的痕迹呢？我赤裸裸来到这世界，转眼间也将赤裸裸的回去罢？但不能平的，为什么偏要白白走这一遭啊？

你聪明的，告诉我，我们的日子为什么一去不复返呢？

两场闹

丰子恺

一日我因某事独自至某地。当日赶不上归家的火车，傍晚走进其地的某旅馆投宿了。事体已经赶毕；当地并无亲友可访，无须出门；夜饭已备有六只大香蕉在提篋内，不必外求。但天色未暗，吃香蕉嫌早，我觉旅况孤寂，这一刻工夫有些难消遣了。室中陈列着崭新的铁床，华丽的镜台，清静的桌椅。但它们都板着脸孔不理睬我，好像待车室里的旅客似的各管各坐着，只有我携来的那只小提篋亲近我，似乎在对我说，“我是属于你的！”

打开提篋，一册袖珍本的《绝妙好词》躺在那里等我。我把它取出，再把被头叠置枕上，当作沙发椅子靠了，且从这古式的收音器中倾听古人的播音。

忽闻窗外的街道上起了一片吵闹之声。我不由得抛却我的书，离开我的沙发，倒屣往窗前探看。对门是一个菜馆，我凭在窗上望下去，正看见菜馆的门口，四辆人力车作带模样停在门口的路旁，四个人力车夫的汗湿的背脊，花形地环列在门口的阶沿石下，和站在阶沿石上的四个人的四顶草帽相对峙。中央的一个背脊伸出着一只手，努力要把手中的一支钱交还一顶草帽，反复地在那里叫：

“这一点钱怎么行？拉了这许多路！”

草帽下也伸出一只手来，跟了说话的语气而指挥：

“讲到廿板一部，四部车子，给你二角三十板，还有啥话头？”

他的话没有说完，对方四个背脊激动起来，参参差差地嚷着：

“兜大圈子到这里，我们多两里路啦；这一点钱哪里行！”

另一顶草帽下面伸出一只手来，点着人力车夫的头，谆谆地开导：

“不是我们要你多跑路！修街路你应该知道，你吃什么饭的？”

“这不来，这不来！”

人力车夫口中讲不出理，心中着急，嚷着把盛钱的手向四顶草帽底下乱送，想在他们身上找一处突出的地方交卸了这一支不足的车钱。但四顶草帽反背着手，渐渐向门内退却，使他无法措置。我在上面代替人力车夫着急，心想草帽的边上不是颇可置物的地方吗，可惜人力车夫的手腕没有这样高。

正难下场的时候，另一个汗湿的背脊上伸出一个长头颈来，换了一种语调，帮他的同伴说话：

“先生！一角钱一部总要给我们的！这铜板换了两角钱吧！先生，几个铜板不在乎的！”

同时他从同伴的手中取出铜板来擎起在一顶草帽前面，恳求他交换。这时三顶草帽已经不见，被包围的一顶草帽伸手在袋中摸索，冷笑着说：

“讨厌得来！喏，喏，每人加两板！”

他摸出铜板，四个背脊同时退开，大家不肯接受，又同声地嚷起来。那草帽乘机跨进门槛，把八个铜板放在柜角上，指着了厉声说：

“喏，要末来拿去，勿要末歇（不要就算了），勿识相的！”

一件雪白的长衫飞上楼梯，不见了。门外四个背脊咕噜咕噜了一会，其中一个没精打采地去取了柜角上的铜板，大家懒洋洋地离开店门。咕噜咕噜的声音还是继续着。

我看完了这一场闹，离开窗栏，始觉窗内的电灯已放光了。我把我的沙发移在近电灯的一头，取出提篋里的香蕉，用《绝妙好词》佐膳而享用我的晚餐。窗子没有关，对面菜馆的楼上也有人在那里用晚餐，常有笑声和杯盘声送入我的耳中。我们隔着一条街路而各用各的晚餐。

约一小时之后，窗外又起一片吵闹之声。我心想又来什么花头了，又立刻抛却我的书，离开我的沙发，倒屣往窗前探看。这回在楼上闹。离开我一二丈之处，菜馆楼上一个精小的餐室内，闪亮的电灯底下摆着一桌杯盘狼藉的残菜。桌旁有四个男子，背向着我，正在一个青衣人面前纠纷。我从声音中认知他们就是一小时前在下面和人力车夫闹过一场的四个角色。但见一个瘦长子正在摆开步位，用一手擒住一个矮胖子的肩，一手拦阻一个穿背心的人的胸，用下颚指点门口，向青衣人连叫着：“你去，你去！”被擒的矮胖子一手摸在袋里，竭力挣扎而扑向青衣人的方面去，口中发出一片杀猪似的声音，只听见“不行，不行”。穿背心的人竭力地伸长了的手臂，想把手中的两张钞票递给青衣人，口中连叫着“这里，这里”。好像火车到时车站栅门外拿着招待券接客的旅馆招待员。

在这三人的后方，最近我处，还有一个生仁丹须（八字胡）的人，把右手摸在衣袋中，冷静地在那里叫喊“我给他，我给他！”青衣人面向着我，他手中托着几块银洋，用笑脸看看这个，看看那个，立着不动。

穿背心的终于摆脱了瘦长子的手，上前去把钞票塞在青衣人的手中，而取回银洋交还瘦长子。瘦长子一退避，放走了矮胖子。这时候青衣人已将走出门去，矮胖子厉声喝止：“喂喂，堂倌，他是客人！”便用自己袋里摸出来的钞票向他交换。穿背心的顾东失西，急忙将瘦长子按倒在椅子里，回身转来阻止矮胖子的行动。三个人扭做一堆，作出嘈杂的声音。忽然听见青衣人带笑的喊声：“票子撕破了！”大家方才住手。瘦长子从椅子里立起身。楼板上丁丁当当地响起来。原来穿背心的暗把银洋塞在他的椅子角上，他起身时用衣角把它们如数撒翻在楼板上了。于是有的捡拾银洋，有的察看破钞票。场中忽然换了一个调子。一会儿严肃的静默，一会儿造作的笑声。不久大家围着一桌残菜就坐，青衣人早已悄悄地出门去了。我最初不知道他拿去是谁的钱，但不久就在他们的声音笑貌中看出，这晚餐是矮胖子的东道。

背后有人叫唤。我旋转身来，看见茶房在问我：“先生，夜饭怎样？”我仓皇地答道：“我，我吃过了。”他看看床前椅子上的一堆香蕉皮，出去了。我不待对面的剧的团圆，便关窗，就寝了。

卧后清宵，回想今晚所见的两场闹，第一场是争进八个铜板，第二场是争出几块银洋。人力车夫的咕噜咕噜的声音，和菜馆楼上的杀猪似的声音，在我的回想中对比地响着，直到我睡去。

一封信 ——给抱怨生活干燥的朋友

徐志摩

得到你的信，像是掘到了地下的珍藏，一样的稀罕，一样的宝贵。

看你的信，像是看古代的残碑，表面是模糊的，意致却是深微的。

又像是在尼罗河旁边幕夜，在月正照着金字塔的时候，梦见一个穿黄金袍服的帝王，对着我作谜语，我知道他的意思，他说："我无非是一个体面的木乃伊。"

又像是我在这重山脚下半夜梦醒时，听见松林里夜鹰的 Soprano（女高音），可怜的遭人厌毁的鸟，他虽则没有子规那样天赋的妙舌，但我却懂得他的怨愤，他的理想，他的急调是他的嘲讽与咒诅；我知道他怎样的鄙蔑一切，鄙蔑光明，鄙蔑烦嚣的燕雀，也鄙弃自喜的画眉。

又像是我在普陀山发现的一个奇景；外面看是一大块岩石，但里面却早被海水蚀空，只剩罗汉头似的一个脑壳，每次海涛向这岛身搂抱时，发出极奥妙的音响，像是情话，像是咒诅，像是祈祷，在雕空的石笋、钟乳间呜咽，像大和琴的谐音在皋雪格（哥特式）的古寺的花椽、石楹间回荡——但除非你有耐心与勇气，攀下几重的石岩，俯身下去凝神的察看与倾听，你也许永远不会想象，不必说发现这样的秘密。

又像是……但是我知道，朋友，你已经听够了我的比喻，也许你愿意听我自然的嗓音与不做作的语调，不愿意收受用幻想的亮箔包裹着的话，虽则，我不能不补一句，你自己就是最喜欢从一个弯曲的白银喇叭里，吹弄你的古怪的调子。

你说："风大土大，生活干燥。"这话仿佛是一阵奇怪的凉风，使我感觉一个恐怖的战栗；像一团飘零的秋叶，使我的灵魂里掉下一滴悲悯的清泪。

我的记忆里，我似乎自信，并不是没有葡萄酒的颜色与香味，并不是没有妩媚的微笑的痕迹，我想我总可以抵抗你那句灰色的语调的影响——是的，昨天下午我在田里散步的时候，我不是分明看见两块凶恶的黑云消灭在太阳猛烈的光焰里，五只小山羊，兔子一样的白净，听着她们妈的吩咐在路旁寻草吃，三个捉草的小孩在一个稻屯前抛掷镰刀；自然的活泼给我不少的鼓舞，我对着白云里矗着的宝塔喊说我知道生命是有意趣的。

今天太阳不曾出来，一捆捆的云在空中紧紧地挨着，你的那句话碰巧又添上了几重云蒙，我又疑惑我昨天的宣言了。

我也觉得奇怪，朋友，何以你那句话在我的心里，竟像白垩涂在玻璃上，这半透明的沉闷是一种很巧妙的刑罚；我差不多要喊痛了。

我向我的窗外望，暗沉沉的一片，也没有月亮，也没有星光，日光更不必想，他早已离别了，那边黑蔚蔚的是林子，树上，我知道，是夜鸦的寓处，树下累累的在初夜的微芒中排列着，我也知道，是坟墓，僵的白骨埋在硬的泥里，磷火也不见一星，这样的静，这样的惨，黑夜的胜利是完全的了。

我闭着眼向我的灵府里问讯，呀，我竟寻不到一个与干燥脱离的生活的意象，干燥像一个影子，永远跟着生活的脚后，又像是葱头的葱管，永远附着在生活的头顶，这是一件奇事。

朋友，我抱歉，我不能答复你的话，虽则我很想，我不是爽恺的西风，吹不散天上的云罗，我手里只有一把粗拙的泥锹，如其有美丽的理想或是希望要埋葬，我的工作倒是现成的——我也有过我的经验。

朋友，我并且恐怕，说到最后，我只得收受你的影响，因为你那句话已经凶狠地咬入我的心里，像一个有毒的蝎子，已经沉沉地压在我的心上，像一块盘陀石，我只能忍耐，我只能忍耐……

患　病

萧　红

我在准备早饭，同时打开了窗子，春朝特有的气息充满了屋子。在大炉台上摆着已经去了皮的地豆，小洋刀在手中仍是不断地转着……浅黄色带着面性似的地豆，个个在炉台上摆好，稀饭在旁边冒着泡，我一面切着地豆，一面想着：江上连一块冰也融尽了吧！公园的榆树怕是发了芽吧！已经三天不到公园去，吃过饭非去看看不可。

“郎华呀！你在外边尽做什么？也来帮我提一桶水去……”

“我不管，你自己去提吧。”他在院子来回走，他又是在想什么文章。于是我跑着，为着高兴。把水桶翻得很响，斜着身子从汪家厨房出来，差不多是横走，水桶在腿边左摇荡一下，右摇荡一下……

菜烧好，饭也烧好。吃过饭就要去江边，去公园。春天就要在头上飞，在心上过，然而我不能吃早饭了，肚子偶然疼起来。

我喊郎华进来，他很惊讶！但越痛越不可耐了。

他去请医生，请来一个治喉病的医生。

“你是患着盲肠炎吧？”医生问我。

我疼得那个样子，还晓得什么盲肠炎不盲肠炎的？眼睛发黑了，喉医生在我的臂上打了止痛药针。

“张先生，车费先请自备吧！过几天和药费一起送去。”郎华对医生说。

一角钱也没有了，我又不能说再请医生，白打了止痛药针，一点痛也不能止。

郎华又跑出去，我不知他跑出去做什么，我说不出怀着怎样的心情在等他回来。

一个星期过去，我还不能从床上坐起来。第九天，郎华从外面举着鲜花回来，插在瓶子里，摆在桌上。

“花开了？”

“不但花开，树还绿了呢！”

我听说树绿了！我对于“春”不知怀着多少意义。我想立刻起来去看看，但是什么也不能做，腿软得好像没有腿了，我还站不住。

肚痛减轻一些，夜里睡得很熟。有朋友告诉郎华：在什么地方有一个市立的公共医院，为贫民而设，不收药费。

当然我挣扎着也要去的，那天是晴天，换好干净衣服，一步一步走出大门，坐上了人力车，郎华在车旁走，起先他是扶着车走，后来他就走在行人道上去了。街树不是发着芽的时候，已长好绿叶了！

进了诊疗所，到挂号处挂了名，很长的堂屋，排着长椅子，那里已经开始诊断，穿白衣裳的俄国女人，跑来跑去唤着名字，六七个人一起闯进病室去，过一刻就放出来，下一批人再被呼进来。到这里来的病人，都是穷人，愁眉苦脸的一个，愁眉苦脸的一个。撑着木棍的跛子，脚上生疮缚着白布的肿脚人，肺痨病的女人，白布包住眼睛的盲人，包住眼睛的盲小孩，头上生疮的小孩。对面坐着老外国女人，闭着眼睛，把头靠住椅子，好似睡着，然而她的嘴不住的收缩，她的包头巾在下巴上慢慢地牵动……

小孩治疗室有孩子大大的哭叫，内科治疗室门口外国女人又闯出来，又叫着外国名字，一会又有中国人从外科治疗室闯出来，又喊着中国名字……拐脚子和肿脸人都一起走进去……

因为我来得最晚。大概最后才能够叫到我，等得背痛，头痛。

“我们回去吧！明天再来。”坐在人力车上，我已无心再看街树，这样去投医，病象不但没有减轻，好像更加重了些。

不能不去，因为不要钱。第二次去，也被唤着名字走进妇科治疗室，虽等了两点钟，到底进了妇科治疗室。既然进了治疗室，那该说怎样治疗法。

把我引到一个屏风后面，那里摆着一张很宽很高很短的台子，台子的两边还立了两支叉形的东西，叫我爬上这台子去，当时我可有些害怕了，爬上去做什么呢？莫非是要用刀割吗？

我坚决的不爬上去，于是那肥的外国女人先上去了，没有什么，并不动刀，换着次序我也被治疗了一回，经过这样的治疗并不用吃药，只在肚子上按了按，或是一面按着，一面问两句，我的俄文又不好，所以医生问的，我并不全懂，马马虎虎地就走出治疗室。医生告诉我，明天再来一次，好把药给我。

以后我就没有再去，因为那天我出了诊疗所的时候，我是问过一个重病人的，他哼着，他的家属哭着。我以为病人病到不可治的程度，“他们不给药吃，说药贵，让自己去买，那里有钱买？”是这样说向我的。

去了两天诊疗所，等了几个钟头。怕是再去两天，再去等几个钟头，病人就会自然而然地好起来！可惜我没有那样的忍耐性。

最后的一星期

萧　红

刚下过雨，我们踏着水淋的街道，在中央大街上徘徊，到江边去呢？还是到哪里去呢？

天空的云还没有散，街头的行人还是那样稀疏，任意走，但是再不能走了。

“郎华，我们应该规定个日子，哪天走呢？”

“现在三号，十三号吧！还有十天，怎么样？”

我突然站住，受惊一般地，哈尔滨要与我们别离了！还有十天，十天以后的日子，我们要过在车上，海上，看不见松花江了，只要“满洲国”存在一天，我们是不能来到这块土地。

李和陈成也来了，好像我们走，是应该走。

“还有七天，走了好啊！”陈成说。

为着我们走，老张请我们吃饭，吃过饭以后，又去逛公园。在公园又吃冰激凌，无论怎样总感到另一种滋味，公园的大树，公园夏日的风，沙土，花草，水池，假山，山顶的凉亭……这一切和往日两样，我没有像往日那样到公园里乱跑，我是安静静地走着，脚下的沙土慢慢地在响。

夜晚屋中又剩了我一个人，郎华的学生跑到窗前，他偷偷观察着我，他在窗前走来走去，假装着闲走来观察我，来观察这屋中的事情，观察不足，于是问了：

“我老师上那里去了？”

“找他做什么？”

“找我老师上课。”

其实那孩子平日就不愿意上课，他觉得老师这屋有个景况：怎么这些日子卖起东西来，旧棉花，破皮褥子……

要搬家吧？那孩子不能确定是怎么回事。他跑回去又把小菊也找出来，那女孩和他一般大，当然也觉得其中有个景况。我把灯闭下了，要收拾的东西，暂时也不收拾了！

躺在床上，摸摸墙壁，又摸摸床边，现在这还是我所接触的，再过七天，这一些都别开了。

小锅，小水壶，终归被旧货商人所提走，在商人手里发着响，闪着光，走出门去！那是前年冬天郎华从破烂市买回来的。现在又将回到破烂市去。

卖掉小水壶，我的心情更不能压制住。不是用的自己的腿似的，到木柈房去看看许多木柈还没有烧尽，是卖呢？是送朋友？门后还有个电炉，还有双破鞋。

大炉台上失掉了锅，失掉了壶，不像个厨房样。

一个星期已经过去四天，心情随着时间更烦乱起来。也不能在家烧饭吃，到外面去吃，到朋友家去吃。

看到别人家的小锅，就想起卖掉的小锅，吃饭也不能安定。后来睡觉也不能安定。

“明早六点就起来拉床，要早点起来。”

郎华说这话，觉得走是逼近了！必定得走了。好像郎华如不说，就不走了似的。

夜里想睡也睡不安。太阳还没出来，铁大门就响起来，我怕着，这声音要夺去我的心似的，昏茫的坐起来。郎华就跳下床去，两个人从床上往下拉着被子、褥子。枕头摔在脚上，忙忙乱乱，有人打着门，院子里的狗乱咬着。

马颈的铃铛就响在窗外，这样的早晨已经过去，我们遭了恶祸一般，屋子空空的了。

我把行李铺了铺就睡在地板上。为了多日的病和不安，身体弱的快要支持不住的样子，郎华跑到江边去洗他的衬衫，他回来看到我还没有起来，他就生气：

“不管什么时候，总是懒。起来，收拾收拾，该随手拿走的东西，就先把它拿走。”

“有什么收拾的，都已收拾好，我再睡一会，天还早，昨夜我失眠了。”我的腿痛，腰痛，又要犯病的样子。

“要睡，收拾干净再睡，起来！”

铺在地板上的小行李也卷起来了，墙壁从四面直垂下来，棚顶一块块发着微黑的地方，是长时间点蜡烛被烛烟所熏黑的。说话的声音有些轰响。空了！在屋子里边走起来很旷荡……

还吃了最后的一次早餐 —— 面包和肠子。

我手提个包袱。郎华说：

“走吧！”他推开了门。

这正像乍搬到这房子郎华说“进去吧”一样，门开着我出来了，我腿发抖，心往下沉坠，忍不住这从没有落下来的眼泪，是哭的时候了！应该流一流眼泪。

我没有回转一次头走出大门，别了家屋！街车，行人，小店铺，行人道旁的杨树。转角了！

别了，“商市街”！

小包袱在手上挂着。我们顺了中央大街南去。

第二章　彼此疗愈的情爱

人生最大的遗憾，

不是你错过了最好的人，

而是你错过了那个最想要对你好的人。

纪念友人世弥

巴　金

我想不到我会来写这样的文章，记忆逼着我写。记忆使我痛苦。甚至在这样一个个人命运和民族命运紧密地联系在一起的时代中，我还受着个人情感的熬煎。我不说我们民族的损失，固然世弥（即罗淑）是中国的一个优秀的女儿；我不说我们文坛的损失，固然世弥的作品显示了她未来的光辉的成就；因为在侵略者铁蹄的践踏下，许多青年有为的生命，许多优秀卓绝的文学才能已经变成了白骨黑灰。为了一个民族的独立和生存，这样的牺牲并不算是昂贵的代价。许多人默默地死去，许多人默默地哀悼他们的死者，没有谁出来发一声不平的怨言。我也没有权利把我个人的悲痛提出来加在这许多人的悲痛上面，促他们多回顾“过去”，给他们多添一分苦恼。他们需要的是“遗忘”，要忘记过去的一切，要忘记灾祸与悲痛，像堂·吉珂德那样地投身到神圣的抗战中去。

然而我不能够制止个人的悲痛，我无法补偿个人的损失。这一个友人的死给我留下的空虚，到现在还不曾得到填补。记忆逼着我写，悲痛逼着我写，为了我自己，为了我的一些朋友，我要写下这篇关于世弥的文章。

世弥是一个平凡的人，甚至在她的外貌上，人也看不出锋芒。她写过文章，但她的文笔并不华丽，那里面有的是一种真实、朴素的美。她不喜欢表显自己，她写文章也不愿意让朋友们知道。她把她的热情隐藏在温厚的外表下。许多人说她是一个贤妻良母型的女性，却少有人知道她是社会革命的斗士。在我们这些友人中间，有时因为意见的分歧会损害友情，个人的成见妨害到事业的发展，然而她把我们（至少是我们中间的一部分人）团结在一起。她的客厅仿佛成了我们的会所。但我们并不是同时去的，我们个别地去，常常怀着疑难和苦恼去求助于她。她像长姊似地给我们解决问题，使我们得到安慰和鼓舞。她的考虑十分周到，她的话语简单而有力量，我们都相信她，敬爱她。

她有一种吸引力把许多朋友拉到她的身边，而且使他们互相接近了解。一个朝鲜朋友被日本人追缉得厉害的时候，他到上海来总是由她和她的丈夫款待，他就住在他们家里，或者她替他转信。那个朋友也是我的友人。艰苦的环境使他的头发在几个月内完全变成了白色，但是他的精神并没有衰老。有一次我受了一个朋友的嘱托从日本海军陆战队布岗警戒下的虹口带了一支手枪、一百颗子弹和一包抗日文件到她的家里寄存。她毫不迟疑地收下了我提去的那口箱子，让那些东西在她的家里放了一年，到她离开上海时才让另一个朋友拿去。这些事倘使她活着，她一定不让我说出来，而我也不便写。但是如今她和我已经成了两个世界的人。我不曾当着她的面说一句感激的话，我知道这会使她不高兴。然而这时候思念割痛我的心，我愿意让人知道我们从她那里得过的恩惠。要是这触犯了她，她也会原谅她的朋友，因为这是最后的一次了。

我不敢想，有时候我甚至不能相信世弥的死讯是真实的。去年九月八日上海西车站的分别仿佛还是昨天的事。上海沦陷后她和宗融打过急电来探问我的安全，又屡次写信劝我离开“孤岛”。我答应今年到他们那里去。如今我失了约，而她也不能活着来责备我了。

这三四年来，我在生活里、事业遇到各种麻烦。我缺乏忍耐，不能从容地应付一切，常常让自己沉溺在苦恼中间。朋友不宽恕我，敌人不放松我。我不能严格地改正错误，我反而让自己陷在绝望的心境中。好几次我带着气愤到她那里倾诉，她仔细地开导我，安慰我，甚至指责我的缺点。她知道我的弱点、我的苦恼和我的渴望。但是她绝不姑息她的友人。我是在朋友们的督责下成长起来的。她便是那许多朋友中间给了我帮助最大的一位。但是如今我不知不觉间就失掉了这样一位友人。我的悲痛太大了。

我唠唠叨叨地叙说我个人的损失，我太自私了。我们许多人中间失去这一个连锁，那损失比我个人的更大。而且就个人的悲痛来说，我们大家热爱的马大哥，我认识他在他和世弥结婚以前，我知道世弥在他的生活里、情感上占着什么样的位置，我知道世弥是他的一个怎样的不可分离的生活与工作的伴侣。他们九年来始终没有分离过。如今一只残酷的魔手把她抓了去，永远不放回来。留下他一个人带着那个聪明可爱的小弥和一个新生的孩子（那个男孩是她用自己的生命换来的），在那间空阔的屋子里，八岁的小弥天天嚷着要“妈妈”，新生的孩子又无知地啼哭等着人喂奶。做一个这样的父亲，不知道要花费多少的心血。对于在书堆里过惯生活的马大哥，我简直不敢想象他的悲痛。我不能够安慰他，因为他的灾祸太大了。但是我想借用意大利爱国者马志尼劝赫尔岑的话来劝他：

勇敢些，你要抑制悲痛，不要叫你的精神破碎。我常常以为我们亲爱的人的死会使我们变成更好的人，你的义务是去做一切她所喜欢的事而不去做任何她所反对的事……

现在正是这个时候了。

别了，我永不能忘记的友人，我不再用言词哀悼你。我知道你不喜欢我这样做。你不愿意在这样的年纪早早地死去，你更不会愿意在你渴望了几年的抗战的烽火燃烧的时候寂寞地闭上眼睛。但是你已经尽了你的职责了。你留下了这么深的敬爱在我们中间。我们失去了你这样一个连锁，可是我们已经坚实地团结起来。你的手所放下的火炬，也将由我们接过来高高地举起。我们会把它举得更高，使你的和我们的理想早日实现，我知道那会是你最快活的时候。到了那一天，你会活起来，活在我们的心里，活在我们的理想里。

我的母亲

老　舍

母亲的娘家是北平德胜门外，土城儿外边，通大钟寺的大路上的一个小村里。村里一共有四五家人家，都姓马。大家都种点不十分肥美的地，但是与我同辈的兄弟们，也有当兵的，作木匠的，作泥水匠的，和当巡察的。他们虽然是农家，却养不起牛马，人手不够的时候，妇女便也须下地做活。

对于姥姥家，我只知道上述的一点。外公外婆是什么样子，我就不知道了，因为他们早已去世。至于更远的族系与家史，就更不晓得了；穷人只能顾眼前的衣食，没有功夫谈论什么过去的光荣；“家谱”这字眼，我在幼年就根本没有听说过。

母亲生在农家，所以勤俭诚实，身体也好。这一点事实却极重要，因为假若我没有这样的一位母亲，我以为我恐怕也就要大大的打个折扣了。

母亲出嫁大概是很早，因为我的大姐现在已是六十多岁的老太婆，而我的大外甥女还长我一岁啊。我有三个哥哥，四个姐姐，但能长大成人的，只有大姐，二姐，三姐，三哥与我。我是“老”儿子。生我的时候，母亲已有四十一岁，大姐二姐已都出了阁。

由大姐与二姐所嫁入的家庭来推断，在我生下之前，我的家里，大概还马马虎虎的过得去。那时候定婚讲究门当户对，而大姐丈是作小官的，二姐丈也开过一间酒馆，他们都是相当体面的人。

可是，我，我给家庭带来了不幸：我生下来，母亲晕过去半夜，才睁眼看见她的老儿子——感谢大姐，把我揣在怀中，致未冻死。

一岁半，我把父亲“克”死了。

兄不到十岁，三姐十二三岁，我才一岁半，全仗母亲独力抚养了。父亲的寡姐跟我们一块儿住，她吸鸦片，她喜摸纸牌，她的脾气极坏。为我们的衣食，母亲要给人家洗衣服，缝补或裁缝衣裳。在我的记忆中，她的手终年是鲜红微肿的。白天，她洗衣服，洗一两大绿瓦盆。她做事永远丝毫也不敷衍，就是屠户们送来的黑如铁的布袜，她也给洗得雪白。晚间，她与三姐抱着一盏油灯，还要缝补衣服，一直到半夜。她终年没有休息，可是在忙碌中她还把院子屋中收拾得清清爽爽。桌椅都是旧的，柜门的铜活久已残缺不全，可是她的手老使破桌面上没有尘土，残破的铜活发着光。院中，父亲遗留下的几盆石榴与夹竹桃，永远会得到应有的浇灌与爱护，年年夏天开许多花。

哥哥似乎没有同我玩耍过。有时候，他去读书；有时候，他去学徒；有时候，他也去卖花生或樱桃之类的小东西。母亲含着泪把他送走，不到两天，又含着泪接他回来。我不明白这都是什么事，而只觉得与他很生疏。与母亲相依为命的是我与三姐。因此，他们作事，我老在后面跟着。他们浇花，我也张罗着取水；她们扫地，我就撮土……从这里，我学得了爱花，爱清洁，守秩序。这些习惯至今还被我保存着。

有客人来，无论手中怎么窘，母亲也要设法弄一点东西去款待。舅父与表哥们往往是自己掏钱买酒肉食，这使她脸上羞得飞红，可是殷勤的给他们温酒作面，又给她一些喜悦。遇上亲友家中有喜丧事，母亲必把大褂洗得干干净净，亲自去贺吊——份礼也许只是两吊小钱。到如今如我的好客的习性，还未全改，尽管生活是这么清苦，因为自幼儿看惯了的事情是不易改掉的。

姑母常闹脾气。她单在鸡蛋里找骨头。她是我家中的阎王。直到我入了中学，她才死去，我可是没有看见母亲反抗过。“没受过婆婆的气，还不受大姑子的吗？命当如此！”母亲在非解释一下不足以平服别人的时候，才这样说。是的，命当如此。母亲活到老，穷到老，辛苦到老，全是命当如此。她最会吃亏。给亲友邻居帮忙，她总跑在前面：她会给婴儿洗三——穷朋友们可以因此少花一笔“请姥姥”钱——她会刮痧，她会给孩子们剃头，她会给少妇们绞脸……凡是她能作的，都有求必应。但是吵嘴打架，永远没有她。她宁吃亏，不逗气。当姑母死去的时候，母亲似乎把一世的委屈都哭了出来，一直哭到坟地。不知道哪里来的一位侄子，声称有承继权，母亲便一声不响，教他搬走那些破桌子烂板凳，而且把姑母养的一只肥母鸡也送给他。

可是，母亲并不软弱。父亲死在庚子闹“拳”的那一年。联军入城，挨家搜索财物鸡鸭，我们被搜两次。母亲拉着哥哥与三姐坐在墙根，等着“鬼子”进门，街门是开着的。“鬼子”进门，一刺刀先把老黄狗刺死，而后入室搜索。他们走后，母亲把破衣箱搬起，才发现了我。假若箱子不空，我早就被压死了。皇上跑了，丈夫死了，鬼子来了，满城是血光火焰，可是母亲不怕，她要在刺刀下，饥荒中，保护着儿女。北平有多少变乱啊，有时候兵变了，街市整条的烧起，火团落在我们院中。有时候内战了，城门紧闭，铺店关门，昼夜响着枪炮。这惊恐，这紧张，再加上一家饮食的筹划，儿女安全的顾虑，岂是一个软弱的老寡妇所能受得起的？可是，在这种时候，母亲的心横起来，她不慌不哭，要从无办法中想出办法来。她的泪会往心中落！这点软而硬的个性，也传给了我。我对一切人与事，都取和平的态度，把吃亏看作当然的。但是，在作人上，我有一定的宗旨与基本的法则，什么事都可将就，而不能超过自己划好的界限。我怕见生人，怕办杂事，怕出头露面；但是到了非我去不可的时候，我便不得不去，正像我的母亲。从私塾到小学，到中学，我经历过起码有廿位教师吧，其中有给我很大影响的，也有毫无影响的，但是我的真正的教师，把性格传给我的，是我的母亲。母亲并不识字，她给我的是生命的教育。

当我在小学毕了业的时候，亲友一致的愿意我去学手艺，好帮助母亲。我晓得我应当去找饭吃，以减轻母亲的勤劳困苦。可是，我也愿意升学。我偷偷的考入了师范学校——制服，饭食，书籍，宿处，都由学校供给。只有这样，我才敢对母亲提升学的话。入学，要交十元的保证金。这是一笔巨款！母亲作了半个月的难，把这巨款筹到，而后含泪把我送出门去。她不辞劳苦，只要儿子有出息。当我由师范毕业，而被派为小学校校长，母亲与我都一夜不曾合眼。我只说了句：“以后，您可以歇一歇了！”她的回答只有一串串的眼泪。我入学之后，三姐结了婚。母亲对儿女是都一样疼爱的，但是假若她也有点偏爱的话，她应当偏爱三姐，因为自父亲死后，家中一切的事情都是母亲和三姐共同撑持的。三姐是母亲的右手。但是母亲知道这右手必须割去，她不能为自己的便利而耽误了女儿的青春。当花轿来到我们的破门外的时候，母亲的手就和冰一样的凉，脸上没有血色——那是阴历四月，天气很暖。大家都怕她晕过去。可是，她挣扎着，咬着嘴唇，手扶着门框，看花轿徐徐的走去。不久，姑母死了。三姐已出嫁，哥哥不在家，我又住学校，家中只剩母亲自己。她还须自晓至晚的操作，可是终日没人和她说一句话。新年到了，正赶上政府倡用阳历，不许过旧年。除夕，我请了两小时的假。由拥挤不堪的街市回到清炉冷灶的家中。母亲笑了。及至听说我还须回校，她楞住了。半天，她才叹出一口气来。到我该走的时候，她递给我一些花生，“去吧，小子！”街上是那么热闹，我却什么也没看见，泪遮迷了我的眼。今天，泪又遮住了我的眼，又想起当日孤独的过那凄惨的除夕的慈母。可是慈母不会再候盼着我了，她已入了土！

儿女的生命是不依顺着父母所设下的轨道一直前进的，所以老人总免不了伤心。我廿三岁，母亲要我结了婚，我不要。我请来三姐给我说情，老母含泪点了头。我爱母亲，但是我给了她最大的打击。时代使我成为逆子。廿七岁，我上了英国。为了自己，我给六十多岁的老母以第二次打击。在她七十大寿的那一天，我还远在异域。那天，据姐姐们后来告诉我，老太太只喝了两口酒，很早的便睡下。她想念她的幼子，而不便说出来。

七七抗战后，我由济南逃出来。北平又像庚子那年似的被鬼子占据了，可是母亲日夜惦念的幼子却跑西南来。母亲怎样想念我，我可以想象得到，可是我不能回去。每逢接到家信，我总不敢马上拆看，我怕，怕，怕，怕有那不祥的消息。人，即使活到八九十岁，有母亲便可以多少还有点孩子气。失了慈母便像花插在瓶子里，虽然还有色有香，却失去了根。有母亲的人，心里是安定的。我怕，怕，怕家信中带来不好的消息，告诉我已是失了根的花草。

去年一年，我在家信中找不到关于老母的起居情况。我疑虑，害怕。我想象得到，如有不幸，家中念我流亡孤苦，或不忍相告。母亲的生日是在九月，我在八月半写去祝寿的信，算计着会在寿日之前到达。信中嘱咐千万把寿日的详情写来，使我不再疑虑。十二月二十六日，由文化劳军的大会上回来，我接到家信。我不敢拆读。就寝前，我拆开信，母亲已去世一年了！

生命是母亲给我的。我之能长大成人，是母亲的血汗灌养的。我之能成为一个不十分坏的人，是母亲感化的。我的性格，习惯，是母亲传给的。她一世未曾享过一天福，临死还吃的是粗粮。唉！还说什么呢？心痛！心痛！

给亡妇

朱自清

谦，日子真快，一眨眼你已经死了三个年头了。这三年里世事不知变化了多少回，但你未必注意这些个，我知道。你第一惦记的是你几个孩子，第二便轮着我。孩子和我平分你的世界，你在日如此；你死后若还有知，想来还如此的。告诉你，我夏天回家来着：迈儿长得结实极了，比我高一个头。闰儿父亲说是最乖，可是没有先前胖了。采芷和转子都好。五儿全家夸她长得好看；却在腿上生了湿疮，整天坐在竹床上不能下来，看了怪可怜的。六儿，我怎么说好，你明白，你临终时也和母亲谈过，这孩子是只可以养着玩儿的，他左挨右挨去年春天，到底没有挨过去。这孩子生了几个月，你的肺病就重起来了。我劝你少亲近他，只监督着老妈子照管就行。你总是忍不住，一会儿提，一会儿抱的。可是你病中为他操的那一份儿心也够瞧的。那一个夏天他病的时候多，你成天儿忙着，汤呀，药呀，冷呀，暖呀，连觉也没有好好儿睡过。哪里有一分一毫想着你自己。瞧着他硬朗点儿你就乐，干枯的笑容在黄蜡般的脸上，我只有暗中叹气而已。

从来想不到做母亲的要像你这样。从迈儿起，你总是自己喂乳，一连四个都这样。你起初不知道按钟点儿喂，后来知道了，却又弄不惯；孩子们每夜里几次将你哭醒了，特别是闷热的夏季。我瞧你的觉老没睡足。白天里还得做菜，照料孩子，很少得空儿。你的身子本来坏，四个孩子就累你七八年。到了第五个，你自己实在不成了，又没乳，只好自己喂奶粉，另雇老妈子专管她。但孩子跟老妈子睡，你就没有放过心；夜里一听见哭，就竖起耳朵听，工夫一大就得过去看。十六年初，和你到北京来，将迈儿，转子留在家里；三年多还不能去接他们，可真把你惦记苦了。你并不常提，我却明白。你后来说你的病就是惦记出来的；那个自然也有份儿，不过大半还是养育孩子累的。你的短短的十二年结婚生活，有十一年耗费在孩子们身上；而你一点不厌倦，有多少力量用多少，一直到自己毁灭为止。你对孩子一般儿爱，不问男的女的，大的小的。也不想到什么“养儿防老，积谷防饥”，只拼命地爱去。你对于教育老实说有些外行，孩子们只要吃得好玩得好就成了。这也难怪你，你自己便是这样长大的。况且孩子们原都还小，吃和玩本来也要紧的。你病重的时候最放不下的还是孩子。病得只剩皮包着骨头了，总不信自己不会好；老说：“我死了，这一大群孩子可苦了。”后来说送你回家，你想着可以看见迈儿和转子，也愿意；你万想不到会一走不返的。我送车的时候，你忍不住哭了，说：“还不知能不能再见？”可怜，你的心我知道，你满想着好好儿带着六个孩子回来见我的。谦，你那时一定这样想，一定的。

除了孩子，你心里只有我。不错，那时你父亲还在；可是你母亲死了，他另有个女人，你老早就觉得隔了一层似的。出嫁后第一年你虽还一心一意依恋着他老人家，到第二年上我和孩子可就将你的心占住，你再没有多少工夫惦记他了。你还记得第一年我在北京，你在家里。家里来信说你待不住，常回娘家去。我动气了，马上写信责备你。你教人写了一封复信，说家里有事，不能不回去。这是你第一次也可以说第末次的抗议，我从此就没给你写信。暑假时带了一肚子主意回去，但见了面，看你一脸笑，也就拉倒了。打这时候起，你渐渐从你父亲的怀里跑到我这儿。你换了金镯子帮助我的学费，叫我以后还你；但直到你死，我没有还你。你在我家受了许多气，又因为我家的缘故受你家里的气，你都忍着。这全为的是我，我知道。那回我从家乡一个中学半途辞职出走。家里人讽你也走。哪里走！只得硬着头皮往你家去。那时你家像个冰窖子，你们在窖里足足住了三个月。好容易我才将你们领出来了，一同上外省去。小家庭这样组织起来了。你虽不是什么阔小姐，可也是自小娇生惯养的，做起主妇来，什么都得干一两手；你居然做下去了，而且高高兴兴地做下去了。菜照例满是你做，可是吃的都是我们；你至多夹上两三筷子就算了。你的菜做得不坏，有一位老在行大大地夸奖过你。你洗衣服也不错，夏天我的绸大褂大概总是你亲自动手。你在家老不乐意闲着；坐前几个“月子”，老是四五天就起床，说是躺着家里事没条没理的。其实你起来也还不是没条理；咱们家那么多孩子，哪儿来条理？在浙江住的时候，逃过两回兵难，我都在北平。真亏你领着母亲和一群孩子东藏西躲的；末一回还要走多少里路，翻一道大岭。这两回差不多只靠你一个人。你不但带了母亲和孩子们，还带了我一箱箱的书；你知道我是最爱书的。在短短的十二年里，你操的心比人家一辈子还多；谦，你那样身子怎么经得住！你将我的责任一股脑儿担负了去，压死了你；我如何对得起你！

你为我的劳什子书也费了不少神；第一回让你父亲的男佣人从家乡捎到上海去。他说了几句闲话，你气得在你父亲面前哭了。第二回是带着逃难，别人都说你傻子。你有你的想头："没有书怎么教书？况且他又爱这个玩意儿。"其实你没有晓得，那些书丢了也并不可惜；不过教你怎么晓得，我平常从来没和你谈过这些个！总而言之，你的心是可感谢的。这十二年里你为我吃的苦真不少，可是没有过几天好日子。我们在一起住，算来也还不到五个年头。无论日子怎么坏，无论是离是合，你从来没对我发过脾气，连一句怨言也没有——别说怨我，就是怨命也没有过。老实说，我的脾气可不大好，迁怒的事儿有的是。那些时候你往往抽噎着流眼泪，从不回嘴，也不号啕。不过我也只信得过你一个人，有些话我只和你一个人说，因为世界上只你一个人真关心我，真同情我。你不但为我吃苦，更为我分苦；我之有我现在的精神，大半是你给我培养着的。这些年来我很少生病。但我最不耐烦生病，生了病就呻吟不绝，闹那伺候病的人。你是领教过一回的，那回只一两点钟，可是也够麻烦了。你常生病，却总不开口，挣扎着起来；一来怕搅我，二来怕没人做你那份儿事。我有一个坏脾气，怕听人生病，也是真的。后来你天天发烧，自己还以为南方带来的疟疾，一直瞒着我。明明躺着，听见我的脚步，一骨碌就坐起来。我渐渐有些奇怪，让大夫一瞧，这可糟了，你的一个肺已烂了一个大窟窿了！大夫劝你到西山去静养，你丢不下孩子，又舍不得钱；劝你在家里躺着，你也丢不下那份儿家务。越看越不行了，这才送你回去。明知凶多吉少，想不到只一个月工夫你就完了！本来盼望还见得着你，这一来可拉倒了。你也何尝想到这个？父亲告诉我，你回家独住着一所小住宅，还嫌没有客厅，怕我回去不便哪。

前年夏天回家，上你坟上去了。你睡在祖父母的下首，想来还不孤单的。只是当年祖父母的坟太小了，你正睡在圹底下。这叫做“抗圹”，在生人看来是不安心的；等着想办法哪。那时圹上圹下密密地长着青草，朝露浸湿了我的布鞋。你刚埋了半年多，只有圹下多出一块土，别的全然看不出新坟的样子。我和隐今夏回去，本想到你的坟上来；因为她病了没来成。我们想告诉你，五个孩子都好，我们一定尽心教养他们，让他们对得起死了的母亲——你！谦，好好儿放心安睡吧，你。

儿　女

朱自清

我现在已是五个儿女的父亲了。想起圣陶喜欢用的“蜗牛背了壳”的比喻，便觉得不自在。新近一位亲戚嘲笑我说，“要剥层皮呢！”更有些悚然了。十年前刚结婚的时候，在胡适之先生的《藏晖室札记》里，见过一条，说世界上有许多伟大的人物是不结婚的；文中并引培根的话，“有妻子者，其命定矣。”当时确吃了一惊，仿佛梦醒一般；但是家里已是不由分说给娶了媳妇，又有甚么可说？现在是一个媳妇，跟着来了五个孩子；两个肩头上，加上这么重一副担子，真不知怎样走才好。“命定”是不用说了；从孩子们那一面说，他们该怎样长大，也正是可以忧虑的事。我是个彻头彻尾自私的人，做丈夫已是勉强，做父亲更是不成。自然，“子孙崇拜”，“儿童本位”的哲理或伦理，我也有些知道；既做着父亲，闭了眼抹杀孩子们的权利，知道是不行的。可惜这只是理论，实际上我是仍旧按照古老的传统，在野蛮地对付着，和普通的父亲一样。近来差不多是中年的人了，才渐渐觉得自己的残酷；想着孩子们受过的体罚和叱责，始终不能辩解——像抚摩着旧创痕那样，我的心酸溜溜的。有一回，读了有岛武郎《与幼小者》的译文，对了那种伟大的，沉挚的态度，我竟流下泪来了。去年父亲来信，问起阿九，那时阿九还在白马湖呢；信上说，“我没有耽误你，你也不要耽误他才好。”我为这句话哭了一场；我为什么不像父亲的仁慈？我不该忘记，父亲怎样待我们来着！人性许真是二元的，我是这样地矛盾；我的心像钟摆似的来去。

你读过鲁迅先生的《幸福的家庭》么？我的便是那一类的“幸福的家庭”！每天午饭和晚饭，就如两次潮水一般。先是孩子们你来他去地在厨房与饭间里查看，一面催我或妻发“开饭”的命令。急促繁碎的脚步，夹着笑和嚷，一阵阵袭来，直到命令发出为止。他们一个递一个地跑着喊着，将命令传给厨房里佣人；便立刻抢着回来搬凳子。于是这个说，“我坐这儿！”那个说，“大哥不让我！”大哥却说，“小妹打我！”我给他们调解，说好话。但是他们有时候很固执，我有时候也不耐烦，这便用着叱责了；叱责还不行，不由自主地，我的沉重的手掌便到他们身上了。于是哭的哭，坐的坐，局面才算定了。可接着又你要大碗，他要小碗，你说红筷子好，他说黑筷子好；这个要干饭，那个要稀饭，要茶要汤，要鱼要肉，要豆腐，要萝卜；你说他菜多，他说你菜好。妻是照例安慰着他们，但这显然是太迂缓了。我是个暴躁的人，怎么等得及？不用说，用老法子将他们立刻征服了；虽然有哭的，不久也就抹着泪捧起碗了。吃完了，纷纷爬下凳子，桌上是饭粒呀，汤汁呀，骨头呀，渣滓呀，加上纵横的筷子，欹斜的匙子，就如一块花花绿绿的地图模型。吃饭而外，他们的大事便是游戏。游戏时，大的有大主意，小的有小主意，各自坚持不下，于是争执起来；或者大的欺负了小的，或者小的竟欺负了大的，被欺负得哭着嚷着，到我或妻的面前诉苦；我大抵仍旧要用老法子来判断的，但不理的时候也有。最为难的，是争夺玩具的时候：这一个的与那一个的是同样的东西，却偏要那一个的；而那一个便偏不答应。在这种情形之下，不论如何，终于是非哭了不可的。这些事件自然不至于天天全有，但大致总有好些起。我若坐在家里看书或写什么东西，管保一点钟里要分几回心，或站起来一两次的。若是雨天或礼拜日，孩子们在家的多，那么，摊开书竟看不下一行，提起笔也写不出一个字的事，也有过的。我常和妻说，“我们家真是成日的千军万马呀！”有时是不但“成日”，连夜里也有兵马在进行着，在有吃乳或生病的孩子的时候！

我结婚那一年，才十九岁。二十一岁，有了阿九；二十三岁，又有了阿菜。那时我正像一匹野马，哪能容忍这些累赘的鞍鞯，辔头和缰绳？摆脱也知是不行的，但不自觉地时时在摆脱着。现在回想起来，那些日子，真苦了这两个孩子；真是难以宽宥的种种暴行呢！阿九才两岁半的样子，我们住在杭州的学校里。不知怎地，这孩子特别爱哭，又特别怕生人。一不见了母亲，或来了客，就哇哇地哭起来了。学校里住着许多人，我不能让他扰着他们，而客人也总是常有的；我懊恼极了，有一回，特地骗出了妻，关了门，将他按在地下打了一顿。这件事，妻到现在说起来，还觉得有些不忍；她说我的手太辣了，到底还是两岁半的孩子！我近年常想着那时的光景，也觉黯然。阿菜在台州，那是更小了；才过了周岁，还不大会走路。也是为了缠着母亲的缘故吧，我将她紧紧地按在墙角里，直哭喊了三四分钟；因此生了好儿天病。妻说，那时真寒心呢！但我的苦痛也是真的。我曾给圣陶写信，说孩子们的折磨，实在无法奈何；有时竟觉着还是自杀的好。这虽是气愤的话，但这样的心情，确也有过的。后来孩子是多起来了，磨折也磨折得久了，少年的锋棱渐渐地钝起来了；加以增长的年岁增长了理性的裁制力，我能够忍耐了——觉得从前真是一个“不成材的父亲”，如我给另一个朋友信里所说。但我的孩子们在幼小时，确比别人的特别不安静，我至今还觉如此。我想这大约还是由于我们抚育不得法；从前只一味地责备孩子，让他们代我们负起责任，却未免是可耻的残酷了！

正面意义的“幸福”，其实也未尝没有。正如谁所说，小的总是可爱，孩子们的小模样，小心眼儿，确有些教人舍不得的。阿毛现在五个月了，你用手指去拨弄她的下巴，或向她做趣脸，她便会张开没牙的嘴格格地笑，笑得像一朵正开的花。她不愿在屋里待着；待久了，便大声儿嚷。妻常说，“姑娘又要出去溜达了。”她说她像鸟儿般，每天总得到外面溜一些时候。闰儿上个月刚过了三岁，笨得很，话还没有学好呢。他只能说三四个字的短语或句子，文法错误，发音模糊，又得费气力说出；我们老是要笑他的。他说“好”字，总变成“小”字；问他“好不好？”他便说“小”，或“不小”。我们常常逗着他说这个字玩儿；他似乎有些觉得，近来偶然也能说出正确的“好”字了——特别在我们故意说成“小”字的时候。他有一只搪瓷碗，是一毛来钱买的；买来时，老妈子教给他，

“这是一毛钱。”他便记住“一毛”两个字，管那只碗叫“一毛”，有时竟省称为“毛”。这在新来的老妈子，是必需翻译了才懂的。他不好意思，或见着生客时，便咧着嘴痴笑；我们常用了土话，叫他做“呆瓜”。他是个小胖子，短短的腿，走起路来，蹒跚可笑；若快走或跑，便更“好看”了。他有时学我，将两手叠在背后，一摇一摆的；那是他自己和我们都要乐的。他的大姊便是阿菜，已是七岁多了，在小学校里念着书。在饭桌上，一定得啰啰唆唆地报告些同学或他们父母的事情；气喘喘地说着，不管你爱听不爱听。说完了总问我：“爸爸认识么？”“爸爸知道么？”妻常禁止她吃饭时说话，所以她总是问我。她的问题真多：看电影便问电影里的是不是人？是不是真人？怎么不说话？看照相也是一样。不知谁告诉她，兵是要打人的。她回来便问，兵是人么？为什么打人？近来大约听了先生的话，回来又问张作霖的兵是帮谁的？蒋介石的兵是不是帮我们的？诸如此类的问题，每天短不了，常常闹得我不知怎样答才行。她和闰儿在一处玩儿，一大一小，不很合式，老是吵着哭着。但合式的时候也有：譬如这个往床底下躲，那个便钻进去追着；这个钻出来，那个也跟着——从这个床到那个床，只听见笑着，嚷着，喘着，真如妻所说，像小狗似的。现在在京的，便只有这三个孩子；阿九和转儿是去年北来时，让母亲暂时带回扬州去了。

阿九是欢喜书的孩子。他爱看《水浒》《西游记》《三侠五义》《小朋友》等；没有事便捧着书坐着或躺着看。只不欢喜《红楼梦》，说是没有味儿。是的，《红楼梦》的味儿，一个十岁的孩子，哪里能领略呢？去年我们事实上只能带两个孩子来；因为他大些，而转儿是一直跟着祖母的，便在上海将他俩丢下。我清清楚楚记得那分别的一个早上。我领着阿九从二洋泾桥的旅馆出来，送他到母亲和转儿住着的亲戚家去。妻嘱咐说，“买点吃的给他们吧。”我们走过四马路，到一家茶食铺里。阿九说要熏鱼，我给买了；又买了饼干，是给转儿的。便乘电车到海宁路。下车时，看着他的害怕与累赘，很觉恻然。到亲戚家，因为就要回旅馆收拾上船，只说了一两句话便出来；转儿望望我，没说什么，阿九是和祖母说什么去了。我回头看了他们一眼，硬着头皮走了。后来妻告诉我，阿九背地里向她说：“我知道爸爸欢喜小妹，不带我上北京去。”其实这是冤枉的。他又曾和我们说，“暑假时一定来接我啊！”我们当时答应着；但现在已是第二个暑假了，他们还在迢迢的扬州待着。他们是恨着我们呢？还是惦着我们呢？妻是一年来老放不下这两个，常常独自暗中流泪；但我有什么法子呢！想到“只为家贫成聚散”一句无名的诗，不禁有些凄然。转儿与我较生疏些。但去年离开白马湖时，她也曾用了生硬的扬州话（那时她还没有到过扬州呢），和那特别尖的小嗓子向着我：“我要到北京去。”她晓得什么北京，只跟着大孩子们说罢了；但当时听着，现在想着的我，却真是抱歉呢。这兄妹俩离开我，原是常事，离开母亲，虽也有过一回，这回可是太长了；小小的心儿，知道是怎样忍耐那寂寞来着！

我的朋友大概都是爱孩子的。少谷有一回写信责备我，说儿女的吵闹，也是很有趣的，何至可厌到如我所说；他说他真不解。子恺为他家华瞻写的文章，真是“蔼然仁者之言”。圣陶也常常为孩子操心：小学毕业了，到什么中学好呢？——这样的话，他和我说过两三回了。我对他们只有惭愧！可是近来我也渐渐觉着自己的责任。我想，第一该将孩子们团聚起来，其次便该给他们些力量。我亲眼见过一个爱儿女的人，因为不曾好好地教育他们，便将他们荒废了。他并不是溺爱，只是没有耐心去料理他们，他们便不能成材了。我想我若照现在这样下去，孩子们也便危险了。我得计划着，让他们渐渐知道怎样去做人才行。但是要不要他们像我自己呢？这一层，我在白马湖教初中学生时，也曾从师生的立场上问过丏尊，他毫不踌躇地说，“自然啰。”近来与平伯谈起教子，他却答得妙，“总不希望比自己坏啰。”是的，只要不“比自己坏”就行，“像”不“像”倒是不在乎的。职业，人生观等，还是由他们自己去定的好；自己顶可贵，只要指导，帮助他们去发展自己，便是极贤明的办法。

予同说，“我们得让子女在大学毕了业，才算尽了责任。”SK说，“不然，要看我们的经济，他们的材质与志愿；若是中学毕了业，不能或不愿升学，便去做别的事，譬如做工人吧，那也并非不行的。”自然，人的好坏与成败，也不尽靠学校教育；说是非大学毕业不可，也许只是我们的偏见。在这件事上，我现在毫不能有一定的主意；特别是这个变动不居的时代，知道将来怎样？好在孩子们还小，将来的事且等将来吧。目前所能做的，只是培养他们基本的力量——胸襟与眼光；孩子们还是孩子们，自然说不上高的远的，慢慢从近处小处下手便了。这自然也只能先按照我自己的样子：“神而明之，存乎其人，”光辉也罢，倒楣也罢，平凡也罢，让他们各尽各的力去。我只希望如我所想的，从此好好地做一回父亲，便自称心满意。——想到那“狂人”“救救孩子”的呼声，我怎敢不悚然自勉呢？

彼 此

林徽因

朋友又见面了，点点头笑笑，彼此晓得这一年不比往年，彼此是同增了许多经验。个别地说，这时间中每一人的经历虽都有特殊的形相，含着特殊的滋味，需要个别的情绪来分析来描述。

综合地说，这许多经验却是一整片仿佛同式同色，同大小，同分量的迷惘。你触着那一角，我碰上这一头，归根还是那一片迷惘笼罩着彼此。七月！——这两字就如同史歌的开头那么有劲——八月，九月带来了那狂风，后来，后来过了年——那无法忘记的除夕！——又是那一月，二月，三月，到了七月，再接再厉的又到了年夜。现在又是一月二月在开始……谁记得最清楚，这串日子是怎样的延续下来，生活如何的变？想来彼此都不会记得过分清晰，一切都似乎在迷离中旋转，但谁又会忘掉那么切肤的重重忧患的网膜？

经过炮火或流浪的洗礼，变换又变换的日月，难道彼此脸上没有一点记载这经验的痕迹？但是当整一片国土纵横着创痕，大家都是“离散而相失……去故乡而就远”，自然“心婵媛而伤怀兮，眇不知其所蹠”，脸上所刻那几道并不使彼此惊讶，所以还只是笑笑好。口角边常添几道酸甜的纹路，可以帮助彼此咀嚼生活。何不默认这一点：在迷惘中人最应该有笑，这种的笑，虽然是敛住神经，敛住肌肉，仅是毅力的后背，它却是必需的，如同保护色对于许多生物，是必需的一样。

那一晚在××江心，某一来船的甲板上，热臭的人丛中，他记起他那时的困顿饥渴和狼狈，旋绕他头上的却是那真实倒如同幻象，幻象又成了真实的狂敌杀人的工具，敏捷而近代型的飞机：美丽得像鱼像鸟……这里黯然的一掬笑是必需的，因为同样的另外一个人懂得那原始的骤然唤起纯筋肉反射作用的恐怖。他也正在想那时他在××车站台上露宿，天上有月，左右有人，零落如同被风雨摧落后的落叶，瑟索地蜷伏着，他们心里都在回味那一天他们所初次尝到的敌机的轰炸！谈话就可以这样无限制的延长，因为现在都这样的记忆——比这样更辛辣苦楚的——在各人心里真是太多了！随便提起一个地名大家所熟悉的都会或商埠，随着全会涌起怎样的一个最后印象！

再说初入一个陌生城市的一天——这经验现在又多普遍——尤其是在夜间，这里就把个别的情形和感触除外，在大家心底曾留下的还不是一剂彼此都熟识的清凉散？苦里带涩，那滋味侵入脾胃时，小小的冷噤会轻轻在背脊上爬过，用不着丝毫锐性的感伤！也许他可以说他在那夜进入某某城内时，看到一列小店门前凄惶的灯，黄黄的发出奇异的晕光，使他嗓子里如梗着刺，感到一种发紧的触觉。你所记得的却是某一号车站后面黯白的煤气灯射到陌生的街心里，使你心里好像失落了什么。

那陌生的城市，在地图上指出时，你所经过的同他所经过的也可以有极大的距离，你同他当时的情形也可以完全的不相同。但是在这里，个别的异同似乎非常之不相干；相干的仅是你我会彼此点头，彼此会意，于是也会彼此的笑笑。

七月在卢沟桥与敌人开火以后，纵横中国土地上的脚印密密地衔接起来，更加增了中国地域广漠的证据。每个人参加过这广漠地面上流转的大韵律的，对于尘土和血，两件在寻常不多为人所理会的，极寻常的天然质素，现在每人在他个别的角上，对它们都发生了莫大亲切的认识。每一寸土，每一滴血，这种话，已是可接触，可把持的十分真实的事物，不仅是一句话一个“概念”而已。

在前线的前线，兴奋和疲劳已掺拌着尘土和血另成一种生活的形体魂魄。睡与醒中间，饥与食中间，生和死中间，距离短得几乎不存在！生活只是一股力，死亡一片沉默的恨，事情简单得无可再简单。尚在生存着的，继续着是力，死去的也继续着堆积成更大的恨。恨又生力，力又变恨，惘惘地却勇敢地循环着，其他一切则全是悬在这两者中间悲壮热烈地穿插。

在后方，事情却没有如此简单，生活仍然缓弛地伸缩着；食宿生死间距离恰像黄昏长影，长长的，尽向前引伸，像要扑入夜色，同夜溶成一片模糊。在日夜宽泛的循回里于是穿插反更多了，真是天地无穷，人生长勤。生之穿插零乱而琐屑，完全无特殊的色泽或轮廓，更不必说英雄气息壮烈成分。斑斑点点仅像小血锈凝在生活上，在你最不经意中烙印生活。如果你有志不让生活在小处窳败，逐渐减损，由锐而钝，由张而弛，你就得更感谢那许多极平常而琐碎的磨擦，无日无夜地透过你的神经，肌肉或意识。这种时候，叹息是悬起了，因一切虽然细小，却绝非从前所熟识的感伤。每件经验都有它粗壮的真实，没有叹息的余地。口边那酸甜的纹路是实际哀乐所刻画而成，是一种坚忍韧性的笑。因为生活既不是简单的火焰时，它本身是很沉重，需要韧性的支持，需要产生这韧性支持的力量。

现在后方的问题，是这种力量的源泉在哪里？决不凭着平日均衡的理智——那是不够的，天知道！尤其是在这时候，情感就在皮肤底下"踊跃其若汤"，似乎它所需要的是超理智的冲动！现在后方被缓的生活，紧的情感，两面磨擦得愁郁无快，居戚戚而不可解，每个人都可以苦恼而又热情地唱"终长夜之曼曼兮，掩此哀而不去"，或"宁溘死而流亡兮，不忍为此之常愁！"支持这日子的主力在哪里呢？你我生死，就不检讨它的意义以自大。也还需要一点结实的凭借才好。

我认得有个人，很寻常地过着国难日子的寻常人，写信给他朋友说，他的嗓子虽然总是那么干哑，他却要哑着嗓子私下告诉他的朋友：他感到无论如何在这时候，他为这可爱的老国家带着血活着，或流着血或不流着血死去，他都觉得荣耀，异乎寻常的，他现在对于生与死都必然感到满足。这话或许可以在许多心弦上叩起回响，我常思索这简单朴实的情感是从哪里来的。信念？像一道泉流透过意识，我开始明了理智同热血的冲动以外，还有个纯真的力量的出处。信心产生力量，又可储蓄力量。

信仰坐在我们中间多少时候了，你我可曾觉察到？信仰所给予我们的力量不也正是那坚忍韧性的倔强？我们都相信，我们只要都为它忠贞地活着或死去，我们的大国家自会永远地向前迈进，由一个时代到又一个时代。我们在这生是如此艰难，死是这样容易的时候，彼此仍会微笑点头的缘故也就在这里吧？现在生活既这样的彼此患难同味，这信心自是，我们此时最主要的联系，不信你问他为什么仍这样硬朗地活着，他的回答自然也是你的回答，如果他也问你。

信仰坐在我们中间多少时候了？那理智热情都不能代替的信心！

思索时许多事，在思流的过程中，总是那么晦涩，明了时自己都好笑所想到的是那么简单明显的事实！此时我拭下额汗，差不多可以意识到自己口边的纹路，我尊重着那酸甜的笑，因为我明白起来，它是力量。

话不用再说了，现在一切都是这么彼此，这么共同，个别的情绪这么不相干。当前的艰苦不是个别的，而是普遍的，充满整一个民族，整一个时代！我们今天所叫做生活的，过后它便是历史。客观的无疑我们彼此所熟识的艰苦正在展开一个大时代。所以别忽略了我们现在彼此地点点头。且最好让我们共同酸甜的笑纹，有力的，坚韧的，横过历史。

致沈从文（节选）

林徽因

一

二哥：

世间事有你想不到的那么古怪，你的信来的时候正遇到我双手托着头在自恨自伤的一片苦楚的情绪中熬着。在廿四个钟头中，我前前后后，理智的，客观的，把许多纠纷痛苦和挣扎或希望或颓废的细目通通看过好几遍，一方面展开事实观察，一方面分析自己的性格情绪历史，别人的性格情绪历史，两人或两人以上互相的生活，情绪和历史，我只感到一种悲哀，失望，对自己对生活全都失望无兴趣。我觉到像我这样的人应该死去；减少自己及别人的痛苦！这或是暂时的一种情绪，一会儿希望会好。

在这样的消极悲伤的情景下，接到你的信，理智上，我虽然同情你所告诉我你的苦痛（情绪的紧张），在情感上我却很羡慕你那么积极那么热烈，那么丰富的情绪，至少此刻同我的比，我的显然萧条颓废消极无用。你的是在情感的尖锐上奔迸！

可是此刻我们有个共同的烦恼，那便是可惜时间和精力，因为情绪的盘旋而耗废去。

你希望抓住理性的自己，或许找个聪明的人帮忙你整理一下你的苦恼或是“横溢的情感”，设法把它安排妥帖一点，你竟找到我来，我懂得的，我也常常被同种的纠纷弄得左不是右不是，生活掀在波澜里，盲目的同危险周旋，累得我既为旁人焦灼，又为自己操心，又同情于自己又很不愿意宽恕放任自己。

不过我同你有大不同处：凡是在横溢奔放的情感中时，我便觉到抓住一种生活的意义，即使这横溢奔放的情感所发生的行为上纠纷是快乐与苦辣对渗的性质，我也不难过不在乎。我认定了生活本身原质是矛盾的，我只要生活；体验到极端的愉快，灵质的，透明的，美丽的近于神话理想的快活，以下我情愿也随着赔偿这天赐的幸福，坑在悲痛，纠纷失望，无望，寂寞中捱过若干时候，好像等自己的血来在创伤上结痂一样！一切我都在无声中忍受，默默的等天来布置我，没有一句话说！（我且说说来给你做个参考。）

我所谓极端的，浪漫的或实际的都无关系，反正我的主义是要生活，没有情感的生活简直是死！生活必须体验丰富的情感，把自己变成丰富，宽大，能优容，能了解，能同情种种“人性”，能懂得自己，不苛责自己，也不苛责旁人，不难自己以所不能，也不难别人所不能，更不愿运命或是上帝，看清了世界本是各种人性混合做成的纠纷，人性又就是那么一回事，脱不掉生理，心理，环境习惯先天特质的凑合！把道德放大了讲，别裁判或裁削自己。任性到损害旁人时如果你不忍，你就根本办不到任性的事。（如果你办得到，那你那种残忍，便是你自己性格里的一点特性，也用不着过分的去纠正。）想做的事太多，并且互相冲突时，拣最想做——想做到顾不得旁的牺牲——的事做，未做时心中发生纠纷是免不了的，做后最用不着后悔，因为你既会去做，那桩事便一定是不可免的，别尽着罪过自己。

我方才所说到极端的愉快，灵质的，透明的，美丽的快乐，不知道你有否同一样感觉。我的确有过，我不忘却我的幸福。我认为最愉快的事都是一闪亮的，在一段较短的时间内迸出神奇的——如同两个人透彻的了解，一句话打到你心里，使得你理智和感情全觉到一万万分满足；如同相爱，在一个时候里，你同你自身以外另一个人互相以彼此存在为极端的幸福；如同恋爱，在那时那刻眼所见，耳所听，心所触无所不是美丽，情感如诗歌自然的流动，如花香那样不知其所以。这些种种便都是一生中不可多得的瑰宝。世界上没有多少人有那机会，且没有多少人有那种天赋的敏感和柔情来尝味那经验，所以就有那种机会也无用。如果有如诗剧神话般的实景，当时当事者本身却没有领会诗的情感又如何行？即使有了，只是浅俗的赏月折花的限量，那又有什么话说？！转过来说，对悲哀的敏感容量也是生活中可贵处。当时当事，你也许得流出血泪，过去后那些在你经验中也是不可鄙视的创痂。（此刻说说话，我倒暂时忘记了我昨天到今晚已整整哭了廿四小时，中间仅仅睡着三四个钟头，方才在过分的失望中颓废着觉到浪费去时间精力，很使自己感叹。）在夫妇中间为着相爱纠纷自然痛苦，不过那种痛苦也是夹着极端丰富的幸福在内的。冷漠不关心的夫妇结合才是真正的悲剧！

如果在“横溢情感”和“僵死麻木的无情感”中叫我来拣一个，我毫无问题要拣上面的一个，不管是为我自己或是为别人。人活着的意义基本的是在能体验情感。能体验情感还得有智慧有思想来分别了解那情感——自己的或别人的！如果再能表现你自己所体验所了解的种种在文字上——不管那算是宗教或哲学，诗，或是小说，或是社会学论文——（谁管那些）——使得别人也更得点人生意义，那或许就是所有的意义了——不管人文明到什么程度，天文地理科学的通到哪里去，这点人性还是一样的，主要一样的是人生的关键。

在一些微笑或皱眉印象上称较分量，在无边际人事上驰骋细想正是一种生活。

算了吧！二哥，别太虐待自己，有空来我这里，咱们再费点时间讨论讨论它，你还可以告诉我一点实在情形。我在廿四小时中只在想自己如何消极到如此田地苦到如此如此，而使我苦得想去死的那个人自己在去上海火车中也苦得要命，已经给我来了两封电报一封信，这不是“人性”的悲剧么？那个人便是说他最不喜管人性的梁二哥！

徽因

你一定得同老金谈谈，他真是能了解同时又极客观极同情极懂得人性，虽然他自己并不一定会提起他的历史。

二

二哥：

我欠你一封信，欠得太久了！现在第一件事要告诉你的就是我们又都在距离相近的一处了。大家当时分手得那么突兀惨淡，现在零零落落的似乎又聚集起来。一切转变得非常古怪，两月以来我种种地感到糊涂。事情越看得多点，心越焦，我并不奇怪自己没有青年人抗战中兴奋的情绪，因为我比许多人明白一点自己并没有抗战，生活离前线太远，一方面自己的理智方面也仍然没有失却它寻常的职能，观察得到一些叫人心里顶难过的事。心里有时像个药罐子。

自你走后我们北平学社方面发生了许多叫我们操心的事，好容易挨过了俩仨星期（我都记不清有多久了）才算走脱，最后我是病的，却没有声张，临走去医院检查了一遍，结果是得着医生严重的警告——但警告白警告，我的寿命是由天的了。临行的前夜一直弄到半夜三点半，次早六时由家里出发，我只觉得是硬由北总布胡同扯出来上车拉倒。东西全弃下倒无所谓，最难过的是许多朋友都像是放下忍心地走掉，端公太太，公超太太住在我家，临别真是说不出的感到似乎是故意那么狠心地把她们抛下，兆和也是一个使我顶不知怎样才好的，而偏偏我就根本赶不上去北城一趟看看她。我恨不得是把所有北平留下的太太孩子挤在一块走出到天津再说。可是我也知道天津地方更莫名其妙，生活又贵，平津那一节火车情形那时也是一天一个花样，谁都不保险会出什么样把戏的。

这是过去的话了，现在也无从说起，自从那时以后，我们真走了不少地方。由卢沟桥事变到现在，我们把中国所有的铁路都走了一段！最紧张的是由北平到天津，由济南到郑州。带着行李小孩奉着老母，由天津到长沙共计上下舟车十六次，进出旅店十二次，这样走法也就很够经验的，所为的是回到自己的后方。现在后方已回到了，我们对于战时的国家仅是个不可救药的累赘而已。同时我们又似乎感到许多我们可用的力量废放在这里，是因为各方面缺乏更好的组织来尽量的采用。我们初到时的兴奋，现实已变成习惯的悲感。更其糟的是这几天看到许多过路的队伍兵丁，由他们吃的穿的到其他一切一切。"惭愧"两字我嫌它们过于单纯，所以我没有字来告诉你，我心里所感触的味道。

前几天我着急过津浦线上情形，后来我急过"晋北"的情形——那时还是真正的"晋北"——由大营到繁峙代县，雁门朔县宁武原平崞县忻县一带路，我们是熟极的，阳明堡以北到大同的公路更是有过老朋友交情，那一带的防御在卢变以后一星期中我们所知道的等于是"鸡蛋"。我就不信后来赶得及怎样"了不起"的防御工作，老西儿的军队更是软懦到万分见不得风的，怎不叫我跳急到万分！好在现在情形已又不同了，谢老天爷，但是看战报的热情是罪过的。如果我们再按紧一点事实的想象：天这样冷……（就不说别的！！）战士们在怎样的一个情形下活着或死去！三个月以前，我们在那边已穿过棉！所以一天到晚，我真不知想什么好，后方的热情是罪过，不热情的话不更罪过？二哥，你想，我们该怎样地活着才有法子安顿这一副还未死透的良心？

我们太平时代（考古）的事业，现时谈不到别的了，在极省俭的法子下维护它不死，待战后再恢复算最为得体的办法。个人生活已甚苦，但尚不到苦到“不堪”。我是女人，当然立刻变成纯净的“糟糠”的典型，租到两间屋子烹调，课子，洗衣，铺床，每日如在走马灯中过去。中间来几次空袭警报，生活也就饱满到万分。注：一到就发生住的问题，同时患腹泻，所以在极马虎中租到一个人家楼上的两间屋。就在火车站旁，火车可以说是从我窗下过去！所以空袭时颇不妙，多暂避于临时大学（熟人尚多见面，金甫亦“高个子”如故）。文艺，理想，都像在北海五龙亭看虹那么样，是过去中一种偶然的遭遇，现实只有一堆矛盾的现实抓在手里。

话又说多了，且乱，正像我的老样子。二哥你现实在做什么，有空快给我一封信。（在汉口时，我知道你在隔江，就无法来找你一趟。）我在长沙回首雁门，正不知有多少伤心呢，不日或起早到昆明，长途车约七八日，天已寒冷，秋气肃杀，这路不太好走，或要去重庆再到成都，一切以营造学社工作为转移。（而其间问题尚多，今天不谈了。）现在因时有空袭警报，所以一天不能离开老的或小的，精神上真是苦极苦极，一天的操作也于我的身体有相当威胁。

徽因　在长沙

长沙韭菜园教厂坪 134 刘宅梁

三

二哥：

在黑暗中，在车站铁篷子底分别，很有种清凉味道，尤其是走的人没有找着车位，车上又没有灯，送的打着雨伞，天上落着很凄楚的雨，地下一块亮一块黑的反映着泥水洼，满车站的兵——开拔到前线的，受伤开回到后方的！那晚上很代表我们这一向所过的日子的最黯淡的底层——这些日子表面上固然还留一点未曾全褪败的颜色。

这十天里长沙的雨更象征着一切霉湿，凄怆，惶惑的生活。那种永不开缝的阴霾封锁着上面的天，留下一串串继续又继续着檐漏般不痛快的雨，屋里人冻成更渺小无能的小动物，缩着脖子只在呆想中让时间赶到头里，拖着自己半蛰伏的灵魂。接到你第一封信后我又重新发热伤风过一次，这次很规矩地躺在床上发冷，或发热，日子清苦得无法设想，偏还老那么悬着，叫人着一种无可奈何的急。如果有天，天又有意旨，我真想他明白点告诉我一点事，好比说我这种人需要不需要活着，不需要的话，这种悬着日子也不都是侈奢？好比说一个非常有精神喜欢挣扎着生存的人，为什么需要肺病，如果是需要，许多希望着健康的想念在她也就很侈奢，是不是最好没有？死在长沙雨里，死得虽未免太冷点，往昆明跑，跑后的结果如果是一样，那又怎样？昨天我们夫妇算算到昆明去，现在要不就走，再去怕更要落雪落雨发生问题，就走的话，除却旅费，到了那边时身上一共剩下三百来元，万一学社经费不成功，带着那一点点钱一家子老老小小流落在那里颇不妥当，最好得等基金方面一点消息。

可是今天居然天晴，并且有大蓝天，大白云，顶美丽的太阳光！我坐在一张破藤椅上，破藤椅放在小破廊子上，旁边晒着棉被和雨鞋，人也就轻松一半，该想的事暂时不再想它，想想别的有趣的事：好比差不多二十年前，我独自坐在一间顶大的书房里看雨，那是英国的不断的雨。我爸爸到瑞士国联开会去，我能在楼上嗅到顶下层楼下厨房里炸牛腰子同洋咸肉，到晚上又是在顶大的饭厅里（点着一盏顶暗的灯）独自坐着（垂着两条不着地的腿同刚刚垂肩的发辫），一个人吃饭一面咬着手指头哭——闷到实在不能不哭！理想的我老希望着生活有点浪漫的发生，或是有个人叩下门走进来坐在我对面同我谈话，或是同我同坐在楼上炉边给我讲故事，最要紧的还是有个人要来爱我。我做着所有女孩做的梦。而实际上却只是天天落雨又落雨，我从不认识一个男朋友，从没有一个浪漫聪明的人走来同我玩——实际生活上所认识的人从没有一个像我所想象的浪漫人物，却还加上一大堆人事上的纷纠。

话说得太远了，方才说天又晴了，我却怎么又转到落雨上去？真糟！肚子有点饿，嗅不着炸牛腰子同咸肉更是无法再想英国或廿年前的事，国联或其他！

方才念到你的第二信，说起爸爸的演讲，当时他说的顶热闹，根本没有想到注意近在自己身边的女儿的日常一点点小小苦痛比那种演讲更能表示他真的懂得那些问题的重要。现在我自己已做了嬷嬷（妈妈），我不愿意在任何情形下把我的任何一角酸辛的经验来换他当时的一篇漂亮话，不管它有多少风趣！这也许是我比他诚实，也许是我比他缺一点幽默！

好久了，我没有写长信，写这么杂乱无系统的随笔信，今晚上写了这许多，谁知道我方才喝了些什么，此刻真是冷，屋子里谁都睡了，温度仅仅五十一度，也许这是原因！

明早再写关于沅陵及其他向昆明方面设想的信！

又接到另外一封信，关于沅陵我们可以想想，关于大举移民到昆明的事还是个大悬点挂在空里，看样子如果再没有计划就因无计划而在长沙留下来过冬，不过关于一切我仍然还须给你更具体地回信一封，此信今天暂时先拿去付邮而免你惦挂。

昨天张君劢老前辈来此，这人一切仍然极其“混沌”（我不叫它做天真），天下事原来都是一些极没有意思的，我们理想着一些美妙的完美，结果只是处处悲观叹息着。我真佩服一些人仍然整天说着大话，自己支持着极不相干的自己，以至令别人想哭！

匆匆。

徽因

十一月九至十日

四

二哥：

决定了到昆明以便积极的做走的准备，本买二日票，后因思成等周寄梅先生，把票退了，再去买时已经连七号的都卖光了，只好买八号的。

今天中午到了沅陵。昨晚里住在官庄的。沿途景物又秀丽又雄壮时就使我们想到你二哥对这些苍翠的天，排布的深浅山头，碧绿的水和其间稍稍带点天真的人为的点缀，如何的亲切爱好，感到一种愉快。天气是好到不能更好。我说如果不是在这战期中时时心里负着一种悲伤哀愁的话，这旅行真是不知几世修来。

昨晚有人说或许这带有匪，倒弄得我们心有点慌慌的，住在小旅店里灯火荧荧如豆，外边微风撼树，不由得不有一种特别情绪，其实我们很平安的到达很安靖的地带。

今天来到沅陵，风景愈来愈妙，有时颇疑心有翠翠这种的人物在！沅陵城也极好玩，我爱极了。你老兄的房子在小山上非常别致有雅趣，原来你一家子都是敏感的有精致爱好的。我同思成带了两个孩子来找他，意外还见到你的三弟，新从前线回来，他伤已愈，可以拐杖走路，他们待我们太好（个个性情都有点像你处）。我们真欢喜极了，都又感到太打扰得他们有点不过意。虽然，有半天工夫在那楼上廊子上坐着谈天，可是我真感到有无限亲切。沅陵的风景，沅陵的城市，同沅陵的人物，在我们心里是一片很完整的记忆，我愿意再回到沅陵一次，无论什么时候，最好当然是打完仗！

说到打仗你别过于悲观，我们还许要吃苦，可是我们不能不争到一种翻身的地步。我们这种人太无用了，也许会死，会消灭，可是总有别的法子，我们中国国家进步了弄得好一点，争出一种新的局面，不再是低着头的被压迫着，我们根据事实时有时很难乐观，但是往大处看，抓紧信心，我相信我们大家根本还是乐观的，你说对不对？

这次分别大家都怀着深忧！不知以后事如何？相见在何日？只要有着信心，我们还要再见的呢。

无限亲切的感觉，因为我们在你的家乡。

徽因

昆明住址云南大学王赣愚先生转

五

二哥：

事情多得不可开交，情感方面虽然有许多新的积蓄，一时也不能够去清理（这年头也不是清理情感的时候）。昆明的到达既在离开长沙三十九天之后，其间的故事也就很有可纪念的。我们的日子至今尚似走马灯的旋转，虽然昆明的白云悠闲疏散在蓝天里。现在生活的压迫似乎比从前更有分量了。我问我自己三十年底下都剩一些什么，假使机会好点，我有什么样的一两句话说出来或是什么样事好做，这种问题在这时候问，似乎更没有回答——我相信我已是一整个的失败，再用不着自己过分的操心——所以朋友方面也就无话可说——现在多半的人都最惦挂我的身体。一个机构多方面受过损伤的身体实在用不着惦挂，我看黔滇间公路上所用的车辆颇感到一点同情，在中国做人同在中国坐车子一样，都要承受那种的待遇，磨到焦头烂额，照样有人把你拉过来推过去爬着长长的山坡，你若是懂事多了，挣扎一下，也就不见得不会喘着气爬山过岭，到了你最后的一个时候。

不，我这比喻打得不好，它给你的印象好像是说我整日里在忙着服务，有许多艰难的工作做，其实，那又不然。虽然思成与我整天宣言我们愿意义务的，替政府或其他公共机关效力，到了如今，人家还是不找我们做正经事。现在所忙的仅是一些零碎的私人所委托的杂务，这种私人相委的事，如果他们肯给我们一点实际的酬报，我们生活可以稍稍安定，挪点时候做些其他有价值的事也好，偏又不然，所以我仍然得另想别的办法来付昆明的高价房租，结果是又接受了教书生涯。一星期来往爬四次山坡走老远的路，到云大去教六点钟的补习英文，上月净得四十余元法币，而一方面为一种我们最不可少的皮尺昨天花了二十三元买来！

到如今我还不大明白我们来到昆明是做生意，是“走江湖”还是做“社会性的骗子”——因为梁家老太爷的名分，人家常抬举这对愚夫妇，所以我们是常常有些阔绰的应酬需要我们笑脸的应付——这样说来好像是牢骚，其实也不尽然，事实上就是情感良心均不得均衡！前昨同航空毕业班的几个学生谈，我几乎要哭起来，这些青年叫我一百分的感激同情，一方面我们这租来的房子墙上还挂着那位主席将军的相片，看一眼，话就多了——现在不讲——天天早上那些热血的人在我们上空练习速度，驱逐和格斗，底下芸芸众生吃喝得仍然有些讲究。思成不能酒，我不能牌，两人都不能烟，在做人方面已经是十分惭愧！现在昆明人材济济，哪一方面人都有，云南的权贵，香港的服装，南京的风度，大中华民国的洋钱，把生活描画得十三分对不起那些在天上冒险的青年，其他更不用说了。现在我们所认识的穷愁朋友已来了许多，同感者自然甚多。

陇海全线的激战使我十分兴奋，那一带地方我比较熟习，整个心都像在那上面滚，有许多人似乎看那些新闻印象里只有一堆内地县名，根本不发生感应，我就奇怪！我真想在山西随军，做什么自己可不大知道！

二哥，我今天心绪不好，写出信来怕全是不好听的话，你原谅我，我要搁笔了。

这封信暂做一个赔罪的先锋，我当时也知道朋友们一定会记挂，不知怎么我偏不写信，好像是罚自己似的——一股坏脾气发作！

徽因

我的父亲母亲

李叔同

在清朝光绪年间，天津河东有一个地藏庵，庵前有一户人家。这是一座四进四出的进士宅邸，它的主人是一位官商，名字叫李世珍。曾是同治年间的进士，官任吏部主事，也因此使李家在当地的声名更加显赫了。但是，他为官不久，便辞官返乡了，开始经商。在晚年的时候，他虔诚拜佛，为人宽厚，乐善好施，被人称为“李善人”。这就是我的父亲。

我是光绪六年，在这个平和良善的家庭中出生的。生我时，我的母亲只有二十岁，而我父亲已近六十八岁了。这是因为我是父亲的小妾生的，也正是如此，虽然父亲很疼爱我，但是在那时的官宦人家，妾的地位很卑微，我作为庶子，身份也就无法与我的同父异母的哥哥相比。从小就感受到这种不公平待遇所给我带来的压抑感，然而只能是忍受着，也许这就为我日后出家埋下了伏笔。

在我五岁那年，父亲因病去世了。没有了父亲的庇护和依靠，我与母亲的处境很是困难，看着母亲一天到晚低眉顺眼、谨小慎微地度日，我的内心感到很难受，也使我产生了自卑的倾向。我养成了沉默寡言的内向性格，终日里与书做伴，与画为伍。只有在书画的世界里，我才能找到快乐和自由！

听我母亲后来跟我讲：在我降生的时候，有一只喜鹊叼着一根松枝放在了产房的窗上，所有人都认为这是佛赐祥瑞。而我后来也一直将这根松枝带在身边，并时常对着它祈祷。由于我的父亲对佛教的诚信，使我在很小的时候，就有机会接触到佛教经典，受到佛法的熏陶。我小时候刚开始识字，就是跟着我的大娘，也就是我父亲的妻子，学习念诵《大悲咒》和《往生咒》。而我的嫂子也经常教我背诵《心经》和《金刚经》等。虽然那时我根本就不明白这些佛经的含义，也无从知晓它们的教理，但是我很喜欢念经时那种空灵的感受。也只有在这时我能感受到平等和安详！而我想这也许成为我今后出家的引路标。

我小时候，大约是六七岁的样子，就跟着我的哥哥文熙开始读书识字，并学习各种待人接物的礼仪，那时我哥哥已经二十岁了。由于我们家是书香门第，又是当地数一数二的官商世家，所以一直就沿袭着严格的教育理念。因此，我哥哥对我方方面面的功课都督教得异常严格，稍有错误必加以严惩。我自小就在这样严厉的环境中长大，这使我从小就没有了小孩子应有的天真活泼，也疑我的天性遭到了压抑而导致有些扭曲。但是有一点不得不承认，那就是这种严格施教，对于我后来所养成的严谨认真的学习习惯和生活作风是起了决定作用的，而我后来的一切成就几乎都是得益于此，也由此我真心地感激我的哥哥。

当我长到八九岁时，就拜在常云政先生门下，成为他的入室弟子，开始攻读各种经史子集，并开始学习书法、金石等技艺。在我十三岁那年，天津的名士赵幼梅先生和唐静岩先生开始教我填词和书法，使我在诗词书画方面得到了很大的提高，功力也较以前深厚了。为了考取功名，我对八股文下了很大的功夫，也因此得以在天津县学加以训练。在我十六岁的时候，我有了自己的思想，因过去所受的压抑而造成的“反叛”倾向也开始抬头了。我开始对过去刻苦学习是为了报国济世的思想不那么热衷了，却对文艺产生了浓厚的兴趣，尤其是戏曲，也因此成了一个不折不扣的票友。在此期间，我结识过一个叫杨翠喜的人，我经常去听她唱戏，并送她回家，只可惜后来她被官家包养，后来又嫁给一个商人作了妾。

由此后我也有些惆怅，而那时我哥哥已经是天津一位有名的中医大师了，但是有一点我很不喜欢，就是他为人比较势利，攀权附贵，嫌贫爱富。我曾经把我的看法向他说起，他不接受，并指责我有辱祖训，不务正业。无法，我只有与其背道而驰了，从行动上表示我的不满，对贫贱低微的人我礼敬有加，对富贵高傲的人我不理不睬；对小动物我关怀备至，对人我却不冷不热。在别人眼里我成为了一个怪人，不可理喻，不过对此我倒是无所谓的。

他的上唇挂霜了

萧　红

他夜夜出去在寒月的清光下。他到五里路远一条僻静的街上去教两个人读中学国文课本。这是新找到的职业，不能说是职业，只能说新找到十五元钱。

秃着耳朵，夹外套的领子还不能遮住下巴，就这样夜夜出去，一夜比一夜冷了！听得见人们踏着雪地的响声也更大。他带着雪花回来，裤子下口全是白色，鞋也被雪浸了一半。

“又下雪吗？”

他一直没有回答，好像是同我生气。把袜子脱下来，雪积满他的袜口，我拿他的袜子在门扇上打着，只有一小部分雪星是震落下来，袜子的大部分全是潮湿了的。等我在火炉上烘袜子的时候，一种很难忍的气味满屋散布着。

“明天早晨晚些吃饭，南岗有一个要学武术的。等我回来吃。”他说这话完全没有声色，把声音弄得很低很低……或者他想要严肃一点，也或者他把这事故意看做平凡的事。总之我不能猜到了！

他赤了脚。穿上“傻鞋”去到对门上武术课。

“你等一等，袜子就要烘干的。”

“我不穿。”

“怎么不穿，汪家有小姐的。”

“有小姐管什么？”

“不是不好看吗！”

“什么好看不好看！”他光着脚去，也不怕小姐们看，汪家有两个很漂亮的小姐。

他很忙，早晨起来就跑到南岗去，吃过饭又要给他的小徒弟上国文课。一切完了又要跑出去借钱。晚饭后又是教武术，又是去教中学课本。

夜间他睡觉醒也不醒转来，我感到非常孤独了！白昼使我对着一些家具默坐，我虽生着嘴也不能言语，我虽生着腿也不能走动，我虽生着手而也没有什么做，和一个废人一般，有多么寂寞！连视线都被墙壁截止住，连看一看窗前的麻雀也不能够，什么也不能够，玻璃生满厚的和绒毛一般地霜雪。这就是“家”，没有阳光，没有暖，没有声，没有色，寂寞的家，穷的家，不生毛草荒凉的广场。

我站在小过道窗口等郎华，我的肚子很饿。

铁门扇响了一下，我的神经便要震荡一下，铁门响了无数次，来来往往都是和我无关的人。汪林她很大的皮领子和她很响的高跟鞋相配称，她摇摇晃晃，满满足足，她的肚子想来很饱很饱，向我笑了笑，滑稽的样子用手指点我一下：

“啊！又在等你的郎华……”她快走到门前的木阶，还说着：“他出去，你天天等他，真是怪好的一对！”

她的声音在冷空气里来得很脆，也许是少女们特有的喉咙，对于她，我立刻把她忘记，也许原来就没把她看见，没把她听见。假若我是个男人，怕是也只有这样。肚子响叫起来。

汪家厨房传出来炒酱的气味，隔得很远我也会嗅到，他家吃炸酱面吧！炒酱的铁勺子一响都像说：炸酱面炸酱面……

在过道站着，脚冻得很痛，鼻子流着鼻涕。我回到屋里，关好二层门，不知是想什么，默坐了好久。

汪林的二姐到冷屋去取食物，我去倒脏水遇见她，平日不很说话，很生疏，今天她却说：

“没去看电影吗？这个片子不错，胡蝶主演。”她蓝色的大耳环永远吊荡着不能停止。

“没去看。”我的夹袍子冷透骨了！

“这个片很好，煞尾是结了婚，看这片子的人都猜想，假若再演下去，那是怎么度着美满的……”

她热心地来到门缝边，在门缝我也看到她大长的耳环在摆动。

“进来玩玩吧！”

“不进去，要吃饭啦！”

郎华回来了，他的上唇挂霜了！汪二小姐走得很远时，她的耳环和她的话声仍震荡着：“和你度蜜月的人回来啦，他来了。”

好寂寞的，好荒凉的家呀！他从口袋取出烧饼来给我吃。他又走了，说有一家招请电影广告员，他要去试试。

“什么时候回来？什么时候回来？”我追赶到门外问他，好像很久捉不到的鸟儿，捉到又飞了！失望和寂寞，虽然吃着烧饼也好像饿倒下来。

小姐们的耳环，对比着郎华的上唇挂着的霜。对门居着，他家的女儿看电影，戴耳环；我家呢？我家……

“九一八”致弟弟书

萧 红

可弟：

小战士，你也做了战士了，这是我想不到的。

世事恍恍惚惚的就过了，记得这十年中只有那么一个短促的时间是与你相处的，那时间短到如何程度，现在想起就像连你的面孔还没有来得及记住，而你就去了。

记得当我们都是小孩子的时候，当我离开家的时候，那一天的早晨你还在大门外和一群孩子们玩着，那时你才是十三四岁的孩子，你什么也不懂，你看着我离开家向南大道上奔去，向着那白银似的满铺着雪的无边的大地奔去。你连招呼都不招呼，你恋着玩，对于我的出走，你连看我也不看。

而事隔六七年，你也就长大了，有时写信给我，因为我的飘流不定，信有时收到，有时收不到。但在收到的信中我读了之后，竟看不见你，不是因为那信不是你写的，而是在那信里边你所说的话，都不像是你说的。这个不怪你，都只怪我的记忆力顽强，我就总记着，那顽皮的孩子是你，会写了这样的信的，会说了这样的话的，那能够是你。比方说，——生活在这边，前途是没有希望，等等。

这是什么人给我的信，我看了非常的生疏，又非常的新鲜，但心里边都不表示什么同情，因为我总有一个印象，你晓得什么，你小孩子，所以我回你的信的时候，总是愿意说一些空话，问一问家里的樱桃树这几年结樱桃多少？红玫瑰依旧开花否？或者是看门的大白狗怎样了？关于你的回信，说祖父的坟头上长了一棵小树。在这样的话里，我才体味到这信是弟弟写给我的。

但是没有读过你几封这样的信，我又走了。越走越离得你远了，从前是离着你千百里远，那以后就是几千里了。

而后你追到我最先住的那地方，去找我，看门的人说，我已不在了。

而后婉转的你又来了信，说为着我在那地方，才转学也到那地方来念书。可是你捕空了。我已经从海上走了。

可弟，我们都是自幼没有见过海的孩子，可是要沿着海往南下去了，海是生疏的，我们怕，但是也就上了海船，飘飘荡荡的，前边没有什么一定的目的，也就往前走了。

那时到海上来的，还没有你们，而我是最初的。我想起来一个笑话，我们小的时候，祖父常讲给我们听，我们本是山东人，我们的曾祖，担着担子逃荒到关东的。而我又将是那个未来的曾祖了，我们的后代也许会在那里说着，从前他们也有一个曾祖，坐着海船，逃荒到南方的。

我来到南方，你就不再有信来。一年多又不知道你那方面的情形了。

不知多久，忽然又有信来，是来自东京的，说你是在那边念书了。恰巧那年我也要到东京去看看。立刻我写了一封信给你，你说暑假要回家的，我写信问你，是不是想看看我，我大概七月下旬可到。

我想这一次可以看到你了。这是多么出奇的一个奇遇。因为想也想不到，会在这样一个地方相遇的。

我一到东京就写信给你，你住的是神田町，多少多少番。本来你那地方是很近的，我可以请朋友带了我去找你。但是因为我们已经不是一个国度的人了，姐姐是另一国的人，弟弟又是另一国的人。直接地找你，怕与你有什么不便。信写去了，约的是第三天的下午六点在某某饭馆等我。

那天，我特别穿了一件红衣裳，使你很容易的可以看见我。我五点钟就等在那里，因为在我猜想，你如果来，你一定要早来的。我想你看到了我，你多么欢喜。而我却也想到了，假如到了六点钟不来，那大概就是已经不在了。

一直到了六点钟，没有人来，我又多等了一刻钟，我又多等了一刻钟，我又多等了半点钟，我想或者你有事情会来晚了的。到最后的几分钟，竟想到，大概你来过了，或者已经不认识我了，因为始终看不见你。第二天，我想还是到你住的地方去看一趟，你那小房是很小的。有一个老婆婆，穿着灰色大袖子衣裳，她说你已经在月初走了，离开了东京了。但你那房子还下着竹帘子呢。帘子里头静悄悄的，好像你在里边睡午觉的。

半年之后，我还没有回上海，不知怎么的，你又来了信，这信是来自上海的，说你已经到了上海了，是到上海找我的。

我想这可糟了，又来了一个小吉卜西。

这流浪的生活，怕你过不惯，也怕你受不住。

但你说，“你可以过得惯，为什么我过不惯。”

于是你就在上海住下了。

等我一回到上海，你每天到我的住处来，有时我不在家，你就在楼廊等着，你就睡在楼廊的椅子上，我看见了你的黑黑的人影，我的心里充满了慌乱。我想这些流浪的年青人，都将流浪到哪里去，常常在街上碰到你们的一伙，你们都是年青的，都是北方的粗直的青年。内心充满了力量，你们都是被逼着来到这人地生疏的地方，你们都怀着万分的勇敢，只有向前，没有回头。但是你们都充满了饥饿，所以每天到处找工作。你们是可怕的一群，在街上落叶似的被秋风卷着，寒冷来的时候，只有弯着腰，抱着膀，打着寒颤。肚里饿的时候，我猜得到，你们彼此的乱跑，到处看看，谁有可吃的东西。

在这种情形之下，从家跑来的人，还是一天一天的增加，后来听说有不少已经入了监狱，听说这帮不远千里而投向祖国来的青年，一到了祖国，不知怎样，就犯了爱国罪了。

这自然都说是以往，而并非是现在。现在我们已经抗战四年了。在世界上还有谁不知我们中国的英勇，自然而今你们都是战士了。

不过在那时候，因此我就有许多不安。我想将来你到什么地方去，并且做什么？

那时你不知我心里的忧郁，你总是早上来笑着，晚上来笑着。似乎不知道为什么你已经得到了无限的安慰了。似乎是你所存在的地方，已经绝对的安然了，进到我屋子来，看到可吃的就吃，看到书就翻，累了，躺在床上就休息。

你那种傻里傻气的样子，我看了，有的时候，觉得讨厌，有的时候也觉得喜欢，虽是欢喜了，但还是心口不一地说："快起来吧，看这么懒。"

不多时就"七七"事变，很快你就决定了，到西北去，做抗日军去。

你走的那天晚上，满天都是星，就像幼年我们在黄瓜架下捉着虫子的那样的夜，那样黑黑的夜，那样飞着萤虫的夜。

你走了，你的眼睛不大看我，我也没有同你讲什么话。我送你到了台阶上，到了院里，你就走了。那时我心里不知道想什么，不知道愿意让你走，还是不愿意。只觉得恍恍惚惚的，把过去的许多年的生活都翻了一个新，事事都显得特别真切，又都显得特别的模糊，真所谓有如梦寐了。

可弟，你从小就苍白，不健康，而今虽然长得很高了，仍旧是苍白不健康，看你的读书，行路，一切都是勉强支持。精神是好的，体力是坏的，我很怕你走到别的地方去，支持不住，可是我又不能劝你回家，因为你的心里充满了诱惑，你的眼里充满了禁果。

恰巧在抗战不久，我也到山西去，有人告诉我你在洪洞的前线，离着我很近，我转给你一封信，我想没有两天就看到你了。那时我心里可开心极了，因为我看到不少和你那样年青的孩子们，他们快乐而活泼，他们跑着跑着，当工作的时候还嘴里唱着歌。这一群快乐的小战士，胜利一定属于你们的，你们也拿枪，你们也担水，中国有你们，中国是不会亡的。因此我的心里充满了微笑。虽然我给你的信，你没有收到，我也没能看见你，但我不知为什么竟很放心，就像见到了你的一样。因为你也必是他们之中的一个，于是我就把你忘了。

但是从那以后，你的音信一点也没有的。而至今已经四年了，你也到底没有信来。

又偏偏在这时候，我们的国家不幸设了不少的网罗，就像在林里捕捉那会唱歌的夜莺那样捕捉你们。把你们捕捉在洞里，把你们捕捉在营里。（不知道是防空洞还是什么洞。至于营，听说是训练营。）

我本不常想你，不过现在想起你来了，你为什么不来信，或者入了洞，入了营吗？

于是我想，这都是我的不好，我在前边引诱了你。

今天又快到“九一八”了，写了以上这些，以遣胸中的忧闷。

愿你在远方快乐和健康。

无题（因为没有故事）

老　舍

人是为明天活着的，因为记忆中有朝阳晓露；假若过去的早晨都似地狱那么黑暗丑恶，盼明天干吗呢？是的，记忆中也有痛苦危险，可是希望会把过去的恐怖裹上一层糖衣，像看着一出悲剧似的，苦中有些甜美。无论怎说吧，过去的一切都不可移动；实在，所以可靠；明天的渺茫全仗昨天的实在撑持着，新梦是旧事的拆洗缝补。

对了，我记得她的眼。她死了好多年了，她的眼还活着，在我的心里。这对眼睛替我看守着爱情。当我忙得忘了许多事，甚至于忘了她，这两只眼会忽然在一朵云中，或一汪水里，或一瓣花上，或一线光中，轻轻的一闪，像归燕的翅儿，只须一闪，我便感到无限的春光。我立刻就回到那梦境中，哪一件小事都凄凉，甜美，如同独自在春月下踏着落花。

这双眼所引起的一点爱火，只是极纯的一个小火苗，像心中的一点晚霞，晚霞的结晶。它可以烧明了流水远山，照明了春花秋叶，给海浪一些金光，可是它恰好的也能在我心中，照明了我的泪珠。

它们只有两个神情：一个是凝视，极短极快，可是千真万确的是凝视。只微微的一看，就看到我的灵魂，把一切都无声的告诉了给我。凝视，一点也不错，我知道她只须极短极快的一看，看的动作过去了，极快的过去了，可是，她心里看着我呢，不定看多么久呢；我到底得管这叫作凝视，不论它是多么快，多么短。一切的诗文都用不着，这一眼道尽了“爱”所会说的与所会作的。另一个是眼珠横着一移动，由微笑移动到微笑里去，在处女的尊严中笑出一点点被爱逗出的轻佻，由热情中笑出一点点无法抑止的高兴。

我没和她说过一句话，没握过一次手，见面连点头都不点。可是我的一切，她知道；她的一切，我知道。我们用不着看彼此的服装，用不着打听彼此的身世，我们一眼看到一粒珍珠，藏在彼此的心里；这一点点便是我们的一切，那些七零八碎的东西都是配搭，都无须注意。看我一眼，她低着头轻快的走过去，把一点微笑留在她身后的空气中，像太阳落后还留下一些明霞。

我们彼此躲避着，同时彼此愿马上搂抱在一处。我们轻轻的哀叹；忽然遇见了，那么凝视一下，登时欢喜起来，身上像减了分量，每一步都走得轻快有力，像要跳起来的样子。

我们极愿意过一句话，可是我们很怕交谈，说什么呢？哪一个日常的俗字能道出我们的心事呢？让我们不开口，永不开口吧！我们的对视与微笑是永生的，是完全的，其余的一切都是破碎微弱，不值得一作的。

我们分离有许多年了，她还是那么秀美，那么多情，在我的心里。她将永远不老，永远只向我一个人微笑。在我的梦中，我常常看见她，一个甜美的梦是最真实，是纯洁，最完美的。多少多少人生中的小困苦小折磨使我丧气，使我轻看生命。可是，那个微笑与眼神忽然的从哪儿飞来，我想起唯有“人面桃花相映红”差可托拟的一点心情与境界，我忘了困苦，我不再丧气，我恢复了青春；无疑的，我在她的洁白的梦中，必定还是个美少年呀。

春在燕的翅上，把春光颤得更明了一些，同样，我的青春在她的眼里，永远使我的血温暖，像土中的一颗子粒，永远想发出一个小小的绿芽。一粒小豆那么小的一点爱情，眼珠一移，嘴唇一动，日月都没有了作用，到无论什么时候，我们总是一对刚开开的春花。

不要再说什么，不要再说什么！我的烦恼也是香甜的呀，因为她那么看过我！

两种感想

萧　红

经过黄鹤楼的时候，每每要想到古人某某在黄鹤楼上饮过酒。接着又必想到“周郎赤壁”，其实赤壁还离得远呢！至于远多少，我也不知道。不过此刻长江究竟是在我的脚边上。

读了古时的诗或文章之后，留给我的印象是：长江的波涛汹涌，滚滚东流。比方周瑜和曹操打仗竟有人留下这样的词被我读过了：“……惊涛拍岸，卷起千堆雪……”于是我最佩服长江。

等我真的来到了长江一看么！不对的，于是又给了我一个信念：长江也不过尔尔。这里所说的尔尔，就是说长江也不过就是一条平凡的河而已。

其实不对，长江那么长，就是“惊涛拍岸”，周瑜和曹操打仗，还分哪一段呢！但这也难怪，自幼生于北方，没有见过梅花，没有见过竹林，对于南方的过于梦想，多少总带着点迷失味。

前天晚上在黄鹤楼下闲荡着的时候，左面的空中悬着满了一半的月亮，右面对着向我流来的江水，我的心上又要起着那已经习惯了的胡思乱想。这时候听到有人说：“壮丁，壮丁。”（而后知道是从外省开来的军队。）但看上去，只是黑压压的一堆，细看，才知道那是在成着喑哑的行列走向市轮渡的入口，那些赤着的脚好像树枝一样摊开在水门汀的码头上。担着锅的，背着稻草的，软体的虫类似的那么没有声音地向前蠕进。在这行列之中，也走着孩子兵，那脸孔，和一张新封起来的小圆鼓那么平滑，我偶然听到他们的喉音，使我想到了还没有成熟的鸟雏的呀叫。这就是我们中华受罪的民族！

我坐在市轮渡的尾上，回头而望着长江镇静的，没有波浪。若不是看见了江上摇摇不定的小划船的灯火，我会以为这船是走在大陆上。若不是适才我看见了这些近代的兵士，我会以为我是古代的人了。

下了市轮渡，换了马车，在马蹄的响声中，是去赴招待“第五路军政训处”人员的晚会。

在长桌的周围，招待者和被招待者互相地讲着话，是站起来讲的，是非常规矩的，虽然是茶会，但像个什么纪念日，时时有准备着向国旗的鞠躬的可能。不管这地方好不好，对不对，我是不大喜欢的。于是我开始要吃糖或吃点心，可是没有人动手，点心们被摆出花样来站在桌子中心的那条红绸子上，我想：点心们也庄严起来了！我没敢动它。

站在我对面讲话的人，讲得很激动，把一个字说了两次或三次，还没有说出来，也许说出来再重复一遍，我看他领上的四个金梅花有点碍事，并且他的眼镜好像已经不透明一样在妨害着他。我正在计划着那离得我较远的那盘点心中，有一块炮弹型的，是否我用叉子，伸出胳臂去，不站起来就可以拿到它。这时候，那站在对面的两手压着桌边的武装同志，他说到我的名字和萧军，他这样说之后，我就停下获起那块点心的计划了。不是对于自己过于注意，因为我忽然想起上海北四川路的日本酒馆来了，也是在晚上，桌子上面也摆着杯盘，由于两位日本朋友的介绍，也认识了他们的朋友，也是日本人。这人的身长比普通的中国人还高，他的笑声非常开敞，能够听懂或是说些“东北”的方言。他是来自“满洲国”，在“满洲国”做参事官。日本人也一样，他也坐过一年监狱。初一听来，我不懂得，而后才知道因为他接济义勇军。他很能喝酒，日本的酒壶和小花瓶似的，他喝了不知多少壶。他好几次的给我们斟满了杯子，并且让我们高举起来，大家一同喝下去，一直喝到他的嘴角上发着亮光，酒已经顺着嘴流了下来的时候，他仍然在喝，也许他看我们喝得没有他多，他忽然说：

“‘满洲国’你们放心吧！”他手中的酒壶又向着我们这边来了。

因为完全是日本式的酒馆，我回过头去，看着檐上挂着的小红灯笼。我这受了感动的样子好像怕羞一样，使我躲避着别人的视线，正和前晚一样，当那位武装同志的手头压着桌边，我听他说到“……我们觉得很高兴的……我能够和××××——东北逃出来的同志一同作这为着中华民族解放的工作……”的那一刻一样，我是面颊发烧而低下了头去。

两个国家的人，有一个国家的人的亲切，一个国家的人，感到了两个国家的人的诚恳。

回来的时候，在轮渡上一同来的两个人都睡了。一个是萧军，还有另外一个朋友。他们竖起来的大氅的领子接近着帽檐，睡得像两个枭鸟似的。

只剩我一个人，怎么谈古论今？只好对着江水静静地坐着。

家庭教师

萧　红

二十元票子，使他作了家庭教师。

这是第一天，他起得很早，并且脸上也像愉悦了些。我欢喜的跑到过道去倒脸水。心中埋藏不住这些愉快，使我一面折着被子，一面嘴里任意唱着什么歌的句子。而后坐到床沿，两腿轻轻的跳动，单衫的衣角在腿下面抖荡。我又跑出门外，看了几次那个提篮卖面包的人，我想他应该吃些点心吧，八点钟他要去教书，天寒，衣单，又空着肚子，那是不行的。

但是还不见那提着膨胀的篮子的人来到过道。

郎华作了家庭教师，大概他自己想也应该吃了。当我下楼时，他就自己在买，长形的大提篮已经摆在我们房间的门口。他仿佛一个大蝎虎样，贪婪的，为着他的食欲，从篮子里往外捉取着面包，圆形的点心和“列巴圈”，他强健的两臂，好像要把整个篮子抱到房间里才能满足。最后他付过钱，下了最大的决心，舍弃了篮子跑回房中来吃。

还不到八点钟，他就走了。九点钟刚过他就回来。下午太阳快落时，他又去一次，一个钟头又回来。他已经慌慌忙忙像是生活有了意义似的。当他回来时，他带回一个小包袱，他说那是才从当铺取出的从前他当过的两件衣裳。他很有兴致地把一件长夹袍从包袱里解出来，还有一件小毛衣。

“你穿我的夹袍，我穿毛衣。”他吩咐着。

于是两个人各自赶快穿上。他的毛衣很合适。惟有我穿着他的夹袍，两只脚使我自己看不见，手被袖口吞没去，宽大的袖口使我忽然感到我的肩膀一边挂好一个口袋，就是这样我觉得很合适，很满足。

电灯照耀着满城市的人家。钞票带在我的衣袋里，就这样两个人理直气壮地走在街上，穿过电车道，穿过扰嚷着的那条破街。

一扇破碎的玻璃门，上面封了纸片，郎华拉开它，并且回头向我说：“很好的小饭馆，洋车夫和一切工人全在这里吃饭。”

我跟着进去。里面摆着三张大桌子，我有点看不惯，好几部分食客都挤在一张桌上。屋子几乎要转不来身，我想：让我坐在哪里呢？三张桌子都是满满的人。我在袖口外面捏了一下郎华的手说：“一张空桌也没有，怎么吃？”

他说：“在这里吃饭是随随便便的，有空就坐。”他比我自然得多，接着他把帽子挂到墙壁上。堂倌走来，用他拿在手中已经擦满油腻的布巾抹了一下桌角，同时向旁边正在吃的那个人说：“借光，借光。”

就这样，郎华坐在长板凳上那个人剩下来的一头。至于我呢，堂馆把掌柜独坐的那个圆板凳搬来，占据着大桌子的一头。我们好像存在也可以，不存在也可以似的。不一会，小小的菜碟摆上来。我看到一个小圆木砧上堆着煮熟的肉，郎华跑过去，向着木砧说了一声："切半角钱的猪头肉。"

那个人把刀在围裙上，在那块脏布上抹了一下，熟练的挥动着刀在切肉。我想：他怎么知道那叫猪头肉呢？很快的我吃到猪头肉了。后来我又看见火炉上煮着一个大锅，我想要知道这锅里到底盛的是什么，然而当时我不敢，不好意思站起来满屋摆荡。

"你去看看吧。"

"那没有什么好吃的。"郎华一面去看，一面说。

正相反，锅虽然满挂着油腻，里面却是肉丸子。掌柜连忙说："来一碗吧？"

我们没有立刻回答。掌柜又连忙说："味道很好哩。"

我们怕的倒不是味道好不好，既然是肉的，一定要多花钱吧！我们面前摆了五六个小碟子，觉得菜已经够了。他看看我，我看看他。

"这么多菜，还是不要肉丸子吧。"我说。

"肉丸子还带汤。"我看他说这话，是愿意了，那么吃吧。一决心，肉丸子就端上来。

破玻璃门边，来来往往有人进出，戴破皮帽子的，穿破皮袄的，还有满身红绿的油匠，长胡子的老油匠，十二三岁尖嗓的小油匠。

脚下有点潮湿得难过了。可是门仍不住的开关，人们仍是来来往往。一个岁数大一点的妇人，抱着孩子在门外乞讨，仅仅在人们开门时她说一声："可怜可怜吧！给小孩点吃的吧！"然而她从不动手推门。后来大概她等到时间太长了，就跟着人们进来，停在门口，她还不敢把门关上，表示出她一得到什么东西很快就走的样子。忽然全屋充满了冷空气。郎华拿馒头正要给她，掌柜的摆着手："多得很，给不得。"

靠门的那个食客强关了门，已经把她赶出去了，并且说："真她妈的，冷死人，开着门还行！"

不知那一个发了这一声："她是个老婆子，你把她推出去。若是个大姑娘，不抱住她，你也得多看她两眼。"

全屋人差不多都笑了，我却听不惯这话，我非常恼怒。

郎华为着猪头肉喝了一小壶酒，我也帮着喝。同桌的那个人只吃咸菜，喝稀饭，他结账时还不到一角钱。接着我们也结账：小菜每碟二分，五碟小菜，半角钱猪头肉，半角钱烧酒，丸子汤八分，外加八个大馒头。

走出饭馆，使人吃惊，冷空气立刻裹紧全身，高空闪烁着繁星。我们奔向有电车经过叮叮响的那条街口。

"吃饱没有？"他问。

"饱了。"我答。

经过街口卖零食的小亭子，我还买了两块纸包糖，我一块，他一块，一面上楼，一面吮着糖的滋味。

"你真像个大口袋。"他吃饱了以后才向我说。

同时我打量着他，也非常不像样。在楼下大镜子前面两个人照了好久。他的帽子仅仅扣住前额，后脑勺被忘记似的，离得帽子老远老远的独立着。很大的头，顶个小卷沿帽，最不相宜的就是这个小卷沿帽，在头顶上看起来十分不牢固，好像乌鸦落在房顶，有随时飞走的可能。不配称的，别人送给他的那身学生服短而且宽。

走进房间，像两个大孩子似的，互相比着舌头，他吃的是红色的糖块，所以是红舌头，我是绿舌头。比完舌头之后，他忧愁起来，指甲在桌面上不住的敲响。

“你看，我当家庭教师有多么不带劲！来来往往冻得和个小叫花子似的。”

当他说话时，在桌上敲着的那只手的袖口已是破了，拖着线条。我想破了倒不要紧，可是冷怎么受呢？

长久的时间静默着，灯光照在两人脸上也不跳动一下，我说要给他缝缝袖口，明天要买针线。说到袖口，他惊觉一般看一下袖口，脸上立刻浮现着幻想，并且嘴唇微微张开，不自然似的，又不说什么。

关了灯，月光照在窗外，反映得全室微白。两人扯着一张被子，头下破书当做枕头。隔壁手风琴又咿咿呀呀的在诉说生之苦乐。乐器伴着他，他慢慢打开他幽禁的心灵了：

“敏子……这是敏子姑娘给我缝的。可是过去了，过去了就没有什么意义。我对你说过，那时候我疯狂了。直到最末一次信来，才算结束，结束就是说从那时起她不再给我来信了。这样意外的，相信也不能相信的事情，弄得我昏迷了许多日子……以前许多信都是写着爱我……甚至于说非爱我不可，最末一次信却骂起我来，直到现在我还不相信，可是事实是那样……”

他起来去拿毛衣给我看：“你看这桃色的线……是她缝的……敏子缝的……”

又灭了灯，隔壁的手风琴仍不停止。在说话里边他叫那个名字“敏子，敏子”。都是喉头发着水声。

“很好看的，小眼眉很黑……嘴唇很……很红啊！”说到恰好的时候，在被子里边他紧紧捏了我一下手。我想：我又不是她。

“嘴唇通红通红……啊……”他仍说下去。

马蹄打在街石上一朵朵的响声。每个院落在想象中也都睡去。

第三章　贪恋这人间烟火

家人闲坐，灯火可亲。

四方食事，不过一碗人间烟火。

故乡的食物（节选）

汪曾祺

炒米和焦屑

小时读《板桥家书》，“天寒冰冻时暮，穷亲戚朋友到门，先泡一大碗炒米送手中，佐以酱姜一小碟，最是××××（此四字失记，待查）之具”，觉得很亲切。郑板桥是兴化人，我的家乡是高邮，风气相似，这样的感情，是外地人们不易领会的。炒米是各地都有的，但是很多地方都做成了炒米糖，这是很便宜的食品，孩子买了，咯咯地嚼着。四川有“炒米糖开水”，车站码头都有得卖，那是泡着吃的。但四川的炒米糖似也是专业的作坊做的，不像我们那里。我们那里也有炒米糖，像别处一样，切成长方形的一块一块，也有搓成圆球的，叫做“欢喜团”。那也是作坊里做的。但通常所说的炒米，是不加糖粘结的，是“散装”的；而且不是作坊里做出来，是自己家里炒的。

说是自己家里炒，其实是请了人来炒的。炒炒米也要点手艺，并不是人人都会的。入了冬，大概是过了冬至吧，有人背了一面大筛子，手执长柄的铁铲，大街小巷地走，这就是炒炒米的。有时带一个助手，多半是个半大孩子，是帮他烧火的。请到家里来，管一顿饭，给几个钱，炒一天，或二斗，或半石；像我们家人口多，一次得炒一石糯米。炒炒米都是把一年所需一次炒齐，没有零零碎碎炒的。过了这个季节，再找炒炒米的也找不着。一炒炒米，就让人觉得，快要过年了。

装炒米的坛子是固定的，这个坛子就叫“炒米坛子”，不作别的用途。舀炒米的东西也是固定的，一般人家大都是用一个香烟罐头，我的祖母用的是一个“柚子壳”。柚子，我们那里柚子不多见，从顶上开一个洞，把里面的瓤掏出来，再塞上米糠，风干，就成了一个硬壳的钵状的东西。我的祖母用这个柚子壳用了一辈子。

我父亲有一个很怪的朋友，叫张仲陶。他很有学问，曾教我读过《项羽本纪》，他薄有田产，不治生业，整天在家研究易经，算卦。他算卦用蓍草，全城只有他一个人用蓍草算卦，据说他有几卦算得极灵。有一家丢了一只金戒指，怀疑是女佣人偷了。这女佣人蒙了冤枉，来求张先生算一卦。张先生算了，说戒指没有丢，在你们家炒米坛盖子上，一找，果然。我小时就不大相信，算卦怎么能算得这样准，怎么能算得出在炒米坛盖子上呢？不过他的这一卦说明了一件事，即我们那里炒米坛子是几乎家家都有的。

炒米这东西实在说不上有什么好吃。家常预备，不过取其方便，用开水一泡，马上就可以吃。在没有什么东西好吃的时候，泡一碗，可代早晚茶。来了平常的客人，泡一碗，也算是点心。郑板桥说“穷亲戚朋友到门，先泡一大碗炒米送手中”，也是说其省事，比下一碗挂面还要简单。炒米是吃不饱人的，一大碗，其实没有多少东西。我们那里吃泡炒米，一般是抓上一把白糖，如板桥所说“佐以酱姜一小碟”，也有，少。我现在岁数大了，如有人请我吃泡炒米，我倒宁愿来一小碟酱生姜，——最好滴几滴香油，那倒是还有点意思的。另外还有一种吃法，用猪油煎两个嫩荷包蛋——我们那里叫做“蛋瘪子”，抓一把炒米和在一起吃。这种食品是只有“惯宝宝”才能吃得到的。谁家要是老给孩子吃这种东西，街坊就会有议论的。

我们那里还有一种可以急就的食品，叫做“焦屑”。煳锅巴磨成碎末，就是焦屑。我们那里，餐餐吃米饭，顿顿有锅巴。把饭铲出来，锅巴用小火烘焦，起出来，卷成一卷，存着。锅巴是不会坏的，不发馊，不长霉，攒够一定的数量，就用一具小石磨磨碎，放起来。焦屑也像炒米一样，用开水冲冲，就能吃了，焦屑调匀后成糊状，有点像北方的炒面，但比炒面爽口。

我们那里的人家预备炒米和焦屑，除了方便，原来还有一层意思，是应急。在不能正常煮饭时，可以用来充饥，这很有点像古代行军用的“糒”。有一年，记不得是哪一年，总之是我还小，还在上小学，党军（国民革命军）和联军（孙传芳的军队）在我们县境内开了仗，很多人都躲进了红十字会。不知道出于一种什么信念，大家都以为红十字会是哪一方的军队都不能打进去的，进了红十字会就安全了。红十字会设在炼阳观，这是一个道士观，我们一家带了一点行李进了炼阳观。祖母指挥着，特别关照，把一坛炒米和一坛焦屑带了去。我对这种打破常规的生活极感兴趣，晚上，爬到吕祖楼上去，看双方军队枪炮的火光在东北面不知什么地方一阵一阵地亮着，觉得有点紧张，也觉得好玩。很多人家住在一起，不能煮饭，这一晚上，我们是冲炒米、泡焦屑度过的。没有床铺，我把几个道士诵经用的蒲团拼起来，在上面睡了一夜。这实在是我小时候度过的一个浪漫主义的夜晚。

第二天，没事了，大家就都回家了。

炒米和焦屑和我家乡的贫穷和长期的动乱是有关系的。

端午的鸭蛋

家乡的端午，很多风俗和外地一样。系百索子，五色的丝线拧成小绳，系在手腕上，丝线是掉色的，洗脸时沾了水，手腕上就印得红一道绿一道的；做香角子，丝线缠成小粽子，里头装了香面，一个一个串起来，挂在帐钩上；贴五毒，红纸剪成五毒，贴在门坎上；贴符，这符是城隍庙送来的，城隍庙的老道士还是我的寄名干爹。他每年端午节前就派小道士送符来，还有两把小纸扇。符送来了，就贴在堂屋的门楣上，一尺来长的黄色、蓝色的纸条，上面用朱笔画些莫名其妙的道道，这就能辟邪么？喝雄黄酒，用酒和的雄黄在孩子的额头上画一个王字，这是很多地方都有的。有一个风俗不知别处有不：放黄烟子。黄烟子是大小如北方的麻雷子的炮仗，只是里面灌的不是硝药，而是雄黄，点着后不响，只是冒出一股黄烟，能冒好一会儿。把点着的黄烟子丢在橱柜下面，说是可以熏五毒，小孩子点了黄烟子，常把它的一头抵在板壁上写虎字，写黄烟虎字笔划不能断，所以我们那里的孩子都会写草书的“一笔虎”。还有一个风俗，是端午节的午饭要吃“十二红”，就是十二道红颜色的菜。十二红里我只记得有炒红苋菜、油爆虾、咸鸭蛋，其余的都记不清，数不出了。也许十二红只是一个名目，不一定真凑足十二样，不过午饭的菜都是红的，这一点是我没有记错的，而且，苋菜、虾、鸭蛋，一定是有的。这三样，在我的家乡，都不贵，多数人家是吃得起的。

我的家乡是水乡，出鸭。高邮大麻鸭是著名的鸭种，鸭多，鸭蛋也多，高邮人也善于腌鸭蛋，高邮咸鸭蛋于是出了名。我在苏南、浙江，每逢有人问起我的籍贯，回答之后，对方就会肃然起敬：“哦！你们那里出咸鸭蛋！”上海的卖腌腊的店铺里也卖咸鸭蛋，必用字条特别标明：“高邮咸蛋”。高邮还出双黄鸭蛋，别处鸭蛋也偶有双黄的，但不如高邮的多，可以成批输出。双黄鸭蛋味道其实无特别处，还不就是个鸭蛋！只是切开之后，里面圆圆的两个黄，使人惊奇不已。我对异乡人称道高邮鸭蛋，是不大高兴的，好像我们那穷地方就出鸭蛋似的！不过高邮的咸鸭蛋，确实是好，我走的地方不少，所食鸭蛋多矣，但和我家乡的完全不能相比！曾经沧海难为水，他乡咸鸭蛋，我实在瞧不上。袁枚的《随园食单·小菜单》有“腌蛋”一条。袁子才这个人我不喜欢，他的“食单”好些菜的做法是听来的，他自己并不会做菜，但是“腌蛋”这一条我看后却觉得很亲切，而且“餐有荣焉”。文不长，录如下：

腌蛋以高邮为佳，颜色红而油多，高文端公最喜食之。席间，先夹取以敬客。放盘中，总宜切开带壳，黄白兼用；不可存黄去白，使味不全，油亦走散。

高邮咸蛋的特点是质细而油多，蛋白柔嫩，不似别处的发干、发粉，入口如嚼石灰，油多尤为别处所不及。鸭蛋的吃法，如袁子才所说，带壳切开，是一种，那是席间待客的办法。平常食用，一般都是敲破“空头”用筷子挖着吃，筷子头一扎下去，吱——红油就冒出来了。高邮咸蛋的黄是通红的，苏北有一道名菜，叫做“硃砂豆腐”，就是用高邮鸭蛋黄炒的豆腐。我在北京吃的咸鸭蛋，蛋黄是浅黄色的，这叫什么咸鸭蛋呢！

端午节，我们那里的孩子兴挂“鸭蛋络子”。头一天，就由姑姑或姐姐用彩色丝线打好了络子，端午一早，鸭蛋煮熟了，由孩子自己去挑一个，鸭蛋有什么可挑的呢？有！一要挑淡青壳的，鸭蛋壳有白的和淡青的两种。二要挑形状好看的，别说鸭蛋都是一样的，细看却不同，有的样子蠢，有的秀气。挑好了，装在络子里，挂在大襟的纽扣上，这有什么好看呢？然而它是孩子心爱的饰物。鸭蛋络子挂了多半天，什么时候孩子一高兴，就把络子里的鸭蛋掏出来，吃了。端午的鸭蛋，新腌不久，只有一点淡淡的咸味，白嘴吃也可以。

孩子吃鸭蛋是很小心的。除了敲去空头，不把蛋壳碰破。蛋黄蛋白吃光了，用清水把鸭蛋里面洗净，晚上捉了萤火虫来，装在蛋壳里，空头的地方糊一层薄罗。萤火虫在鸭蛋壳里一闪一闪地亮，好看极了！

小时读囊萤映雪故事，觉得东晋的车胤用练囊盛了几十只萤火虫，照了读书，还不如用鸭蛋壳来装萤火虫。不过用萤火虫照亮来读书，而且一夜读到天亮，这能行么？车胤读的是手写的卷子，字大，若是读现在的新五号字，大概是不行的。

咸菜茨菰汤

一到下雪天，我们家就喝咸菜汤，不知是什么道理。是因为雪天买不到青菜？那也不见得，除非大雪三日，卖菜的出不了门，否则他们总还会上市卖菜的，这大概只是一种习惯。一早起来，看见飘雪花了，我就知道：今天中午是咸菜汤！

咸菜是青菜腌的。我们那里过去不种白菜，偶有卖的，叫做“黄芽菜”，是外地运去的，很名贵。一般黄芽菜炒肉丝，是上等菜。平常吃的，都是青菜。青菜似油菜，但高大得多。入秋，腌菜，这时青菜正肥，把青菜成担地买来，洗净，晾去水气，下缸。一层菜，一层盐，码实，即成。随吃随取，可以一直吃到第二年春天。

腌了四五天的新咸菜很好吃，不咸，细、嫩、脆、甜，难可比拟。

咸菜汤是咸菜切碎了煮成的。到了下雪的天气，咸菜已经腌得很咸了，而且已经发酸。咸菜汤的颜色是暗绿的，没有吃惯的人，是不容易引起食欲的。

咸菜汤里有时加了茨菰片，那就是咸菜茨菰汤，或者叫茨菰咸菜汤，都可以。

我小时候对茨菰实在没有好感，这东西有一种苦味。民国二十年，我们家乡闹大水，各种作物减产，只有茨菰却丰收，那一年我吃了很多茨菰，而且是不去茨菰的嘴子的，真难吃。

我十九岁离乡，辗转漂流，三四十年没有吃到茨菰，并不想。

前好几年，春节后数日，我到沈从文老师家去拜年，他留我吃饭，师母张兆和炒了一盘茨菰肉片。沈先生吃了两片茨菰，说：“这个好！格比土豆高。”我承认他这话，吃菜讲究“格”的高低，这种语言正是沈老师的语言，他是对什么事物都讲“格”的，包括对于茨菰、土豆。

因为久违，我对茨菰有了感情。前几年，北京的菜市场在春节前后有卖茨菰的，我见到，必要买一点，回来加肉炒了，家里人都不怎么爱吃，所有的茨菰，都由我一个人“包圆儿”了。

北方人不识茨菰。我买茨菰，总要有人问我：“这是什么？”——“茨菰。”——“茨菰是什么？”这可不好回答。

北京的茨菰卖得很贵，价钱和“洞子货”（温室所产）的西红柿、野鸡脖韭菜差不多。

我很想喝一碗咸菜茨菰汤。

我想念家乡的雪。

虎头鲨、昂嗤鱼、砗螯、螺蛳、蚬子

苏州人特重塘鳢鱼，上海人也是，一提起塘鳢鱼，眉飞色舞。塘鳢鱼是什么鱼？我向往之久矣。到苏州，曾想尝尝塘鳢鱼，未能如愿，后来我知道：塘鳢鱼就是虎头鲨，咳！

塘鳢鱼亦称土步鱼。《随园食单》：“杭州以土鱼为上品，而金陵人贱之，目为虎头蛇。可发一笑。”虎头蛇即虎头鲨。这种鱼样子不好看，而且有点凶恶，浑身紫褐色，有细碎黑斑，头大而多骨，鳍如蝶翅。这种鱼在我们那里也是贱鱼，是不能上席的。苏州人做塘鳢鱼有清炒、椒盐多法，我们家乡通常的吃法是氽汤，加醋、胡椒。虎头鲨汆汤，鱼肉极细嫩，松而不散，汤味极鲜，开胃。

昂嗤鱼的样子也很怪，头扁嘴阔，有点像鲇鱼，无鳞，皮色黄，有浅黑色的不规整的大斑。无背鳍，而背上有一根很硬的尖锐的骨刺，用手捏起这根骨刺，它就发出昂嗤昂嗤小小的声音。这声音是怎么发出来的，我一直没弄明白。这种鱼是由这种声音得名的，它的学名是什么，只有去问鱼类学专家了。这种鱼没有很大的，七八寸长的，就算难得的了。这种鱼也很贱，连乡下人也看不起。我的一个亲戚在农村插队，见到昂嗤鱼，买了一些，农民都笑他："买这种鱼干什么！"昂嗤鱼其实是很好吃的。昂嗤鱼通常也是汆汤。虎头鲨是醋汤，昂嗤鱼不加醋，汤白如牛乳，是所谓"奶汤"。昂嗤鱼也极细嫩，鳃边的两块蒜瓣肉有大拇指大，堪称至味。有一年，北京一家鱼店不知从哪里运来一些昂嗤鱼，无人问津，顾客都不识这是啥鱼。有一位卖鱼的老师傅倒知道："这是昂嗤。"我看到，高兴极了，买了十来条，回家一做，满不是那么一回事！昂嗤要吃活的（虎头鲨也是活杀），长途转运，又在冷库里冰了一些日子，肉质变硬，鲜味全失，一点意思都没有！

砗螯，我的家乡叫馋螯，砗螯是扬州人的叫法，我在大连见到花蛤，以为就是砗螯，不是，形状很相似，入口全不同。花蛤肉粗而硬，咬不动，砗螯极柔软细嫩。砗螯好像是淡水里产的，但味道却似海鲜，有点像蛎黄，但比蛎黄味道清爽，比青蛤、蚶子味厚。砗螯可清炒，烧豆腐，或与咸肉同煮，砗螯烧乌青菜（江南人叫塌苦菜），风味绝佳，乌青菜如是经霜而现拔的，尤美。我不食砗螯四十五年矣。

砗螯壳稍呈三角形，质坚，白如细瓷，而有各种颜色的弧形花斑，有浅紫的，有暗红的，有赭石、墨蓝的，很好看。家里买了砗螯，挖出砗螯肉，我们就从一堆砗螯壳里去挑选，挑到好的，洗净了留起来玩。砗螯壳的铰合部有两个突出的尖嘴子，把尖嘴子在糙石上磨磨，不一会儿就磨出两个小圆洞，含在嘴里吹，呜呜地响，且有细细颤音，如风吹窗纸。

螺蛳处处有之。我们家乡清明吃螺蛳，谓可以明目。用五香煮熟螺蛳，分给孩子，一人半碗，由他们自己用竹签挑着吃。孩子吃了螺蛳，用小竹弓把螺蛳壳射到屋顶上，喀拉喀拉地响。夏天“检漏”，瓦匠总要扫下好些螺蛳壳。这种小弓不作别的用处，就叫作螺蛳弓，我在小说《戴东匠》里对螺蛳弓有较详细的描写。

蚬子是我所见过的贝类里最小的了，只有一粒瓜子大。蚬子是剥了壳卖的，剥蚬子的人家附近堆了好多蚬子壳，像一个坟头。蚬子炒韭菜，很下饭，这种东西非常便宜，为小户人家的恩物。

有一年修运河堤，按工程规定，有一段堤面应铺碎石，包工的贪污了款子，在堤面铺了一层蚬子壳。前来检收的委员，坐在汽车里，向外一看，白花花的一片，还抽着雪茄烟，连说：“很好！很好！”

我的家乡富水产。鱼中之名贵的是鳊鱼、白鱼（尤重翘嘴白）、鳜花鱼（即鳜鱼），谓之“鳊、白、鳜”。虾有青虾、白虾。蟹极肥，以无特点，故不及。

野鸭、鹌鹑、斑鸠、䴔

过去我们那里野鸭子很多。水乡，野鸭子自然多。秋冬之际，天上有时“过”野鸭子，黑乎乎的一大片，在地上可以听到它们鼓翅的声音，呼呼的，好像刮大风。野鸭子是枪打的（野鸭肉里常常有很细的铁砂子，吃时要小心），但打野鸭子的人自己不进城来卖，卖野鸭子有专门的摊子，有时卖鱼的也卖野鸭子，把一个养活鱼的木盆翻过来，野鸭一对一对地摆在盆底，卖野鸭子是不用秤约的，都是一对一对地卖。野鸭子是有一定分量的，依分量大小，有一定的名称，如“对鸭”“八鸭”，哪一种有多大分量，我现在已经记不清了。卖野鸭子都是带毛的，卖野鸭子的可以代客当场去毛，拔野鸭毛是不能用开水烫的。野鸭子皮薄，一烫，皮就破了，干拔，卖野鸭子的把一只鸭子放入一个麻袋里，一手提鸭，一手拔毛，一会儿就拔净了。——放在麻袋里拔，是防止鸭毛飞散。代客拔毛，不另收费，卖野鸭子的只要那一点鸭毛。——野鸭毛是值钱的。

野鸭的吃法通常是切块红烧，清炖大概也可以吧，我没有吃过。野鸭子肉的特点是：细、“酥”，不像家鸭每每肉老。野鸭烧咸菜是我们那里的家常菜，里面的咸菜尤其是佐粥的妙品。

现在我们那里的野鸭子很少了。前几年我回乡一次，偶有，卖得很贵，原因据说是因为县里对各乡水利作了全面综合治理，过去的水荡子、荒滩少了，野鸭子无处栖息。而且，野鸭子过去是吃收割后遗撒在田里的谷粒的，现在收割得很干净，颗粒归仓，野鸭子没有什么可吃的，不来了。

鹌鹑是网捕的。我们那里吃鹌鹑的人家少，因为这东西只有由乡下的亲戚送来，市面上没有卖的。鹌鹑大都是用五香卤了吃，也有用油炸了的。鹌鹑能斗，但我们那里无斗鹌鹑的风气。

我看见过猎人打斑鸠。我在读初中的时候。午饭后，我到学校后面的野地里去玩。野地里有小河，有野蔷薇，有金黄色的筒蒿花，有苍耳（苍耳子有小钩刺，能挂在衣裤上，我们管它叫“万把钩”），有才抽穗的芦荻。在一片树林里，我发现一个猎人。我们那里猎人很少，我从来没有见过猎人，但是我一看见他，就知道：他是一个猎人。这个猎人给我一个非常猛厉的印象。他穿了一身黑，下面却缠了鲜红的绑腿，他很瘦，他的眼睛黑，而冷。他握着枪，他在干什么？树林上面飞过一只斑鸠，他在追逐这只斑鸠，斑鸠分明已经发现猎人了。它想逃脱。斑鸠飞到北面，在树上落一落，猎人一步一步往北走。斑鸠连忙往南面飞，猎人扬头看了一眼，斑鸠落定了，猎人又一步一步往南走，非常冷静。这是一场无声的，然而非常紧张的、坚持的较量。斑鸠来回飞，猎人来回走。我很奇怪，为什么斑鸠不往树林外面飞。这样几个来回，斑鸠慌了神了，它飞得不稳了，歪歪倒倒地，失去了原来均匀的节奏。忽然，砰，——枪声一响，斑鸠应声而落。猎人走过去，拾起斑鸠，看了看，装在猎袋里。他的眼睛很黑，很冷。

我在小说《异秉》里提到王二的熏烧摊子上，春天，卖一种叫作“鵽”的野味，鵽这种东西我在别处没看见过。“鵽”这个字很多人也不认得，多数字典里不收。《辞海》里倒有这个字，标音为 duo（又读 zhua）。zhua 与我乡读音较近，但我们那里是读入声的，这只有用国际音标才标得出来。即使用国际音标标出，在不知道“短促急收藏”的北方人也是读不出来的。《辞海》“鵽”字条下注云“见鵽鸠”，似以为“鵽”即“鵽鸠”。而在“鵽鸠”条下注云：“鸟名。雉属。即

‘沙鸡’。”这就不对了。沙鸡我是见过的，吃过的。内蒙古、张家口多出沙鸡。《尔雅·释鸟》郭璞注：“出北方沙漠地”，不错。北京冬季偶尔也有卖的。沙鸡嘴短而红，腿也短；我们那里的䴖却是水鸟，嘴长，腿也长。䴖的滋味和沙鸡有天渊之别。沙鸡肉较粗，略有酸味；䴖肉极细，非常香。我一辈子没有吃过比䴖更香的野味。

风不能把阳光打败

毕淑敏

"但是"这个连词，好似能把皮坎肩缀在一起的丝线，多用在一句话的后半截，表示转折。

比方说：你这次的考试成绩不错，但是——强中自有强中手。

比方说：这女孩身材不错，但是——皮肤黑了些。

我想，"但是"这个词刚发明的时候，它前后意思的分量，应是大致相等的。也就是说它只是一个单纯纽带，并不偏谁向谁。后来在长期的使用磨损中，悄悄变了。无论在它之前，堆积了多少褒词，"但是"一出，便像洒了盐酸的污垢，优点就冒着泡沫没了踪影，让人记住的总是贬意，好似爬上高坡，没来得及喘口气，"但是"就不由分说把你退下谷底。

"但是"成了把人心捆成炸药包的细麻绳，成了马上有冷水泼面的前奏曲，让你把前面的温暖和光明淡忘，只有振作精神，迎击扑面而来的挫折。

其实，所有的光明都有暗影，“但是”的本意，不过是强调事物的立体。可惜日积月累的负面暗示，“但是”这个预报一出，就抹去了喜色，忽略了成绩，轻慢了进步，贬斥了攀升。

一位心理学家主张大家从此废弃“但是”，改用“同时”。

比如我们形容天气的时候，原先说：“今天的太阳很好，但是风很大。”今后说：“今天的太阳很好，同时风很大。”

最初看这两句话的时候，好像没有多大差别。你不要急，轻声地多念几遍，那分量和语气就体会出来了。

“但是风很大”会把人的注意力凝固在不利的因素上：觉着太阳好不是件值得高兴的事情，风大才是关键。借助了“但是”的威力，风把阳光打败了。

“同时风很大”更中性和客观，前言余音袅袅，后语也言之凿凿，不偏不倚，公道而平整。它使人们的心神安定，目光精准，两侧都观察得到，头脑中自有安顿。

一词背后，潜藏着的是如何看待世界和自身的目光。

花和虫子，一并存在。我们的视线落在哪里？

“但是”，是一副偏光镜，让我们聚集在虫子，把它的影子放得浓黑硕大。

“同时”，是一个透明的水晶球，均衡地透视整体，让人既看见虫子，也看见无数摇曳的鲜花。

尝试着用“同时”代替“但是”吧。时间长了，你会发现自己多了勇气，因为情绪得到保养和呵护；你会发现自己拥有了宽容和慈悲，因为看到沟坎的同时也看到了远方的灯火。

喝　茶

梁实秋

我不善品茶，不通茶经，更不懂什么茶道，从无两腋之下习习生风的经验。但是，数十年来，喝过不少茶，北平的双窨、天津的大叶、西湖的龙井、六安的瓜片、四川的沱茶、云南的普洱、洞庭湖的君山茶、武夷山的岩茶，甚至不登大雅之堂的茶叶梗与满天星随壶净的高末儿，都尝试过。茶是我们中国人的饮料，口干解渴，惟茶是尚。茶字，形近于荼，声近于槚，来源甚古，流传海外，凡是有中国人的地方就有茶。人无贵贱，谁都有份，上焉者细啜名种，下焉者牛饮茶汤，甚至路边埂畔还有人奉茶。北人早起，路上相逢，辄问讯“喝茶未？”茶是开门七件事之一，乃人生必需品。

孩提时，屋里有一把大茶壶，坐在一个有棉衬垫的藤箱里，相当保温，要喝茶自己斟。我们用的是绿豆碗，这种碗大号的是饭碗，小号的是茶碗，作绿豆色，粗糙耐用，当然和宋瓷不能比，和江西瓷不能比，和洋瓷也不能比，可是有一股朴实厚重的风貌，现在这种碗早已绝迹，我很怀念。这种碗打破了不值几文钱，脑勺子上也不至于挨巴掌。银托白瓷小盖碗是祖父母专用的，我们看着并不羡慕。看那小小的一盏，两口就喝光，泡两三回就得换茶叶，多麻烦。如今盖碗很少见了，除非是到故宫博物院拜会蒋院长，他那大客厅里总是会端出盖碗茶敬客。再不就是在电视剧中也常看见有盖碗茶，可是演员一手执盖一手执碗缩着脖子啜茶那副狼狈相，令人发噱，因为他不知道喝盖碗茶应该是怎样的喝法。他平素自己喝茶大概一直是用玻璃杯、保温杯之类。如今，我们此地见到的盖碗，多半是近年来本地制造的“万寿无疆”的那种样式，瓷厚了一些；日本制的盖碗，样式微有不同，总觉得有些怪怪的。近有人回大陆，顺便探视我的旧居，带来我三十多年前天天使用的一只瓷盖碗，原是十二套，只剩此一套了，碗沿还有一点磕损，睹此旧物，勾起往日的心情，不禁黯然。盖碗究竟是最好的茶具。

茶叶品种繁多，各有擅场。有友来自徽州，同学清华，徽州产茶胜地，但是他看到我用一撮茶叶放在壶里沏茶，表示惊讶，因为他只知道茶叶是烘干打包捆载上船沿江运到沪杭求售，剩下来的茶梗才是家人饮用之物。恰如北人所谓“卖席的睡凉炕”。我平素喝茶，不是香片就是龙井，多次到大栅栏东鸿记或西鸿记去买茶叶，在柜台前面一站，徒弟搬来凳子让坐，看伙计秤茶叶，分成若干小包，包得见棱见角，那份手艺只有药铺伙计可以媲美。茉莉花窨过的茶叶，临卖的时候再抓一把鲜茉莉花放在表面上，所以叫做双窨。于是茶店里经常是茶香花香，郁郁菲菲。父执有名玉贵者，旗人，精于饮馔，居恒以一半香片一半龙井混合沏之，有香片之浓馥，兼龙井之苦清。吾家效而行之，无不称善。茶以人名，乃径呼此茶为“玉贵”，私家秘传，外人无由得知。

其实，清茶最为风雅。抗战前造访知堂老人于苦茶庵，主客相对总是有清茶一盂，淡淡的、涩涩的、绿绿的。我曾屡侍先君游西子湖，从不忘记品尝当地的龙井，不需要攀登南高峰风篁岭，近处平湖秋月就有上好的龙井茶，开水现冲，风味绝佳。茶后进藕粉一碗，四美俱矣。正是“穿牖而来，夏日清风冬日日；卷帘相见，前山明月后山山”（骆成骧联）。有朋自六安来，贻我瓜片少许，叶大而绿，饮之有荒野的气息扑鼻。其中西瓜茶一种，真有西瓜风味。我曾过洞庭，舟泊岳阳楼下，购得君山茶一盒。沸水沏之，每片茶叶均如针状直立漂浮，良久始舒展下沉，品味清香不俗。

初来台湾，粗茶淡饭，颇想倾阮囊之所有在饮茶一端偶作豪华之享受。一日过某茶店，索上好龙井，店主将我上下打量，取八元一斤之茶叶以应，余元不满，乃更以十二元者奉上，余仍不满，店主勃然色变，厉声曰：“买东西，看货色，不能专以价钱定上下。提高价格，自欺欺人耳！先生奈何不察？”我爱其憨直。现在此茶店门庭若市，已成为业中之翘楚。此后我饮茶，但论品味，不问价钱。

茶之以浓酽胜者莫过于功夫茶。《潮嘉风月记》说功夫茶要细炭初沸连壶带碗泼浇，斟而细呷之，气味芳烈，较嚼梅花更为清绝。我没嚼过梅花，不过我旅居青岛时有一位潮州澄海朋友，每次聚饮酩酊，辄相偕走访一潮州帮巨商于其店肆。肆后有密室，烟具、茶具均极考究，小壶小盅有如玩具。更有娈婉丱童伺候煮茶、烧烟，因此经常饱吃功夫茶，诸如铁观音、大红袍，吃了之后还携带几匣回家。不知是否故弄玄虚，谓炉火与茶具相距以七步为度，沸水之温度方合标准。举小盅而饮之，若饮罢径自返盅于盘，则主人不悦，须举盅至鼻头猛嗅两下。这茶最有解酒之功，如嚼橄榄，舌根微涩，数巡之后，好像是越喝越渴，欲罢不能。喝功夫茶，要有工夫，细呷细品，要有设备，要人服侍，如今乱糟糟的社会里谁有那么多的工夫？红泥小火炉哪里去找？伺候茶汤的人更无论矣。普洱茶，漆黑一团，据说也有绿色者，泡烹出来黑不溜秋，粤人喜之。在北平，我只在正阳楼看人吃烤肉，吃得口滑肚子膨脝不得动弹，才高呼堂倌泡普洱茶。四川的沱茶亦不恶，惟一般茶馆应市者非上品。台湾的乌龙，名震中外，大量生产，佳者不易得。处处标榜冻顶，事实上哪里有那么多的冻顶？

喝茶，喝好茶，往事如烟。提起喝茶的艺术，现在好像谈不到了，不提也罢。

花　鸟

余光中

客厅的落地长窗外，是一方不能算小的阳台，黑漆的栏杆之间，隐约可见谷底的小村，人烟暧暧。当初发明阳台的人，一定是一位乐观外向的天才，才会突破家居的局限，把一个幻想的半岛推向户外，向山和海，向半空晚霞和一夜星斗。

阳台而无花，犹之墙壁而无画，多么空虚。所以一盆盆的花，便从下面那世界搬了上来。也不知什么时候起，栏杆三面竟已偎满了花盆，但这种美丽的移民一点也没有计划，欧阳修所谓的“浅深红白宜相间，先后仍须次第栽”，是完全谈不上的。这么十几盆栽，有的是初来此地，不畏辛劳，挤三等火车抱回来的，有的是同事离开中大（台湾中山大学）的遗爱，也有的，是买了车后供在后座带回来的。无论是什么来历，我们都一般看待。花神的孩子，名号不同，容颜各异，但迎风招展的神态都是动人的。

朝西一隅，是茎藤四延和栏杆已绸缪难解的紫藤，开的是一串串粉白带浅紫的花朵。右边是一盆桂苗，高只近尺，花时竟也有高洁清雅的异香，随风漾来。近邻是两盆茉莉和一盆玉兰。这两种香草虽不得列于《离骚》狂吟的芳谱，她们细腻而幽邃的远芬，却是我无力抵抗的。开窗的夏夜，她们的体香回泛在空中，一直远飘来书房里，嗅得人神摇摇而意惚惚，不能久安于座，总忍不住要推纱门出去，亲近亲近。比较起来，玉兰修长的白瓣香得温醇些，茉莉的丛蕊似更醉鼻餍心，总之都太迷人。

再过去是两盆海棠。浅红色的花，油绿色的叶，相配之下，别有一种民俗画的色调，最富中国韵味，而秋海棠叶的象征，从小已印在心头。其旁还有一盆铁海棠，虬蔓郁结的刺茎上，开出四瓣对称的深红小花。此花生命力最强，暴风雨后，只有她屹立不摇，颜色不改。再向右依次是绣球花、蟹爪兰、昙花、杜鹃。蟹爪兰花色洋红而神态凌厉，有张牙奋爪作势攫人之意，简直是一只花魔，令我不敢亲近。昙花已经绽过三次，一次还是双葩对开，真是吉夕素仙。夏秋之间，一夕盛放，皎白的千层长瓣，眼看她恣纵迅疾地展开，幽幽地吐出粉黄娇嫩的簇蕊，却像一切奇迹那样，在目迷神眩的异光中，甫启即闭了。一年含蓄，只为一夕的挥霍，大概是芳族之中最羞涩最自谦最没有发表欲的一姝了。

在这些空中半岛，啊不，空中花园之上，我是两园丁之一，专掌浇水，每日夕阳沉山，便在晚霞的浮光里，提一把白柄蓝身的喷水壶，向众芳施水。另一位园丁当然是阳台的女主人，专司杀虫施肥，修剪枝叶，翻掘盆土。有时蓓蕾新发，野雀常来偷食，我就攘臂冲出去，大声驱逐。而高台多悲风，脚下那山谷只敞对海湾，海风一起，便成了老子所谓“虚而不屈，动而愈出”的一具风箱。于是便轮到我一盆盆搬进屋来。寒流来袭，亦复如此。女园丁笑我是陶侃运甓。美，也是有代价的。

无风的晴日，盆花之间常依偎一只白漆的鸟笼。里面的客人是一只灰翼蓝身的小鹦鹉，我为它取名蓝宝宝。走近去看，才发现翅膀不是全灰，而是灰中间白，并带一点点蓝；颈背上是一圈圈的灰纹，两翼的灰纹则弧形相掩，饰以白边，状如鱼鳞。翼尖交叠的下面，伸出修长几近半身的尾巴，毛色深孔雀蓝，常在笼栏边拂来拂去。身体的细毛蓝得很轻浅，很飘逸。胸前有一片白羽，上覆浑圆的小蓝点，点数经常在变，少则两点，长全时多至六点，排成弧形，像一条项链。

蓝宝宝的可爱，不只外貌的娇美。如果你有耐性，多跟它做一会儿伴，就会发现它的语言天才。它参加我们的生活成为最受宠爱的“小家人”才半年，韩惟全由美游港，在我们家小住数日，首先发现它在牙牙学语，学我们的人语。起先我们不信，以为它时发时歇的咿唔唼喋，不过是禽类的哓哓自语，无意识的饶舌罢了。经惟全一提醒，蓝宝宝的断续鸟语，在侧耳细听之下，居然有点人话的意思。只是有时嗫嚅吞吐，似是而非，加以人腔鸟调，句读含混不清，那意境在人禽之间，恐怕连公冶长再世，也难以体会，更无论圣芳济了。

幸运的时候，蓝宝宝会吐出三两个短句：“小鸟过来”“干什么”“知道了”“臭鸟不乖”，还有节奏起伏的“小鸟小鸟小小鸟”。小小曲喙的发音设备，毕竟和人嘴不可“同日而语”，所以人语的唇音齿音等等，蓝宝宝虽有娓娓巧舌，仍是模拟难工的。听说要小鹦鹉认真学话，得先施以剪舌的手术，剪了之后就不会那么“大舌头”

了。此举是否见效，我不知道，但为了推行人语而违反人道，太无聊也太残忍了，我是绝对不肯的。无所不载无所不容的这世界，属于人，也属于花、鸟、虫、鱼；人类之间，禁止别人发言或强迫人人千口一词，也就够威武的了，又何必向禽兽去行人政呢？因此，盆中的铁海棠，女园丁和我都任其自然，不加扭曲，而蓝宝宝呢，会讲几句人话，固然能取悦于人，满足主人的虚荣心，我们也任其自由发展，从不刻意去教它。写到这里，又听见蓝宝宝在阳台上叫了。不过这一次它是和外面的野雀呼应酬答，是在鸟语。

那样的啁啾，该是羽类的世界语吧。而无论蓝宝宝是在阳台上或是屋里，只要左近传来鸠呼或雀噪，它一定脆音相应，一逗一答，一呼一和，旁听起来十分有趣，或许在飞禽的世界里，也像人世一样，南腔北调，有各种复杂的方言，可惜我们莫能分辨，只好一概称为鸟语。

平时说到鸟语，总不免想起“生生燕语明如翦，呖呖莺声溜的圆”之类的婉婉好音，绝少想到鸟语之中，也有极其可怖的一类。后来参观底特律的大动物园，进入了笼高树密的鸟苑，绿重翠叠的阴影里，一时不见高栖的众禽，只听到四周怪笑吃吃，惊叹咄咄，厉呼磔磔，盈耳不知究竟有多少巫师隐身在幽处施法念咒，真是听觉上最骇人的一次经验。看过希区柯克的惊悚片《鸟》，大家惊疑之余，都说真想不到鸟类会有这么“邪恶”。其实人类君临这个世界，品尝珍馐，饕餮万物，把一切都视为当然，却忘了自己经常捕囚或烹食鸟类的种种罪行有多么残忍了。兀鹰食人，毕竟先等人自毙；人食乳鸽，却是一笼一笼地蓄意谋杀。

想到此地，蓝光一闪，一片青云飘落在我的肩上，原来是有人把蓝宝宝放出来了。每次出笼，它一定振翅疾飞，在屋里回翔一圈，然后栖在我肩头或腕际。我的耳边、颈背、颏下，是它最爱来依偎探讨的地方。最温驯的时候，它会憩在人的手背，低下头来，用小喙亲吻人的手指，一动也不动地，讨人欢喜。有时它更会从嘴里吐出一粒“雀粟”来，邀你共享，据说这是它表示友谊的亲切举动，但你尽可放心，它不会强人所难的，不一会，它又径自啄回去了。有时它也会轻咬你的手指头，并露出它可笑的花舌头。兴奋起来，它还会不断地向你磕头，颈毛松开，瞳仁缩小，嘴里更是呢呢喃喃，不知所云。不过所谓“小鸟依人”，只是片面的，只许它来亲人，不许你去抚它。你才一伸手，它立刻回过身来面对着你，注意你的一举一动，不然便是蓝羽一张，早已飞之冥冥。

不少朋友在我的客厅里，常因这一闪蓝云的猝然降临而大吃一惊。女作家心岱便是其中的一位。说时迟那时快，蓝宝宝华丽的翅膀一收，已经栖在她手腕上了。心岱惊神未定，只好强自镇静，听我们向她夸耀小鸟的种种。后来她回到台北，还在《联合副刊》发表《蓝宝》一文，以记其事。

我发现，许多朋友都不知道养一只小鹦鹉有多么有趣，又多么简单。小鹦鹉的身价，就它带给主人的乐趣说来，是非常便宜的。在台湾，每只售六七十元（新台币），在香港只要港币六元，美国的超级市场里也常有出售，每只不过五六美金。在丹佛时，我先后养过四只，其中黄底灰纹的一只毛色特别娇嫩，算是珍品，则是花十五美金买来的。买小鹦鹉时，要注意两件事情。年龄要看额头和鼻端，额上黑纹愈密，鼻上色泽愈紫，则愈幼小，要买，当然要初生的稚鹦，才容易和你亲近。至于健康呢，则要翻过身来看它的肛门，周围的细白绒毛要干，才显得消化良好。小鹦鹉最怕泻肚子，一泻就糟。

此外的投资，无非是一只鸟笼、两枝栖木、一片鱼骨，和极其迷你的水缸粟钵而已。鱼骨的用场，是供它啄食，以吸取充分的钙质。那么小的肚子，耗费的粟量当然有限，再穷的主人也供得起的。有时为了调剂，不妨喂一点青菜和果皮，让它啄三五口，也就够了。熟了以后，可以放出笼来，任它自由飞憩，不过门窗要小心关好，否则它爱向亮处飞，极易夺门而去。我养过的近十头小鹦鹉之中，就有两头是这么无端飞掉的。有了这种伤心的教训，我只在晚上才敢把鸟放出笼来。

小鸟依人，也会缠人，过分亲狎之后，也有烦恼的。你吃苹果，它便飞来奇袭，与人争食。你特别削一小片喂它，它只浅尝三两口，仍纵回你的口边，定要和你分享大块。你看报，它便来嚼食纸边，吃得津津有味。你写字呢，它便停在纸上，研究你写些什么，甚至以为笔尖来回挥动是在逗它玩乐，便来追咬你的笔尖。要赶它回笼，可不容易。如果它玩得还未尽兴，则无论你如何好言劝诱或恶声威胁，都不能使它俯首归心。最后只有关灯的一招，在黑暗里，它是不敢飞的。于是你伸手擒来，毛茸茸软温温的一团，小心脏抵着你的手心猛跳，吱吱的抗议声中，你已经把它置回笼里。

蓝宝宝是大埔的菜市上六元买来的，在我所有的“禽缘”里，它是最乖巧最可爱的一只，现在，即使有谁出六千元，我也不肯舍弃它的。前年夏天，我们举家回台北去，只好把蓝宝宝寄在宋淇府上，劳宋夫人做了半个月的“鸟妈妈”。记得交托之时，还郑重其事，拟了一张“养鸟须知”的备忘录，悬于笼侧，文曰：

一、小米一钵，清水半缸，间日一换，不食烟火，俨然羽仙。

二、风口日曝之处，不宜放置鸟笼。

三、无须为鸟沐浴，造化自有安排。

四、智商仿佛两岁稚婴。略通人语，颇喜传讹。闺中隐私，不宜多言，慎之慎之。

济南的冬天（节选）

老　舍

对于一个在北平住惯的人，像我，冬天要是不刮风，便觉得是奇迹；济南的冬天是没有风声的。对于一个刚由伦敦回来的人，像我，冬天要能看得见日光，便觉得是怪事；济南的冬天是响晴的。自然，在热带的地方，日光是永远那么毒，响亮的天气反有点叫人害怕。可是，在北中国的冬天，而能有温晴的天气，济南真得算个宝地。

设若单单是有阳光，那也算不了出奇。请闭上眼睛想：一个老城，有山有水，全在天底下晒着阳光，暖和安适地睡着；只等春风来把它们唤醒，这是不是个理想的境界？

小山整把济南围了个圈儿，只有北边缺着点口儿。这一圈小山在冬天特别可爱，好像是把济南放在一个小摇篮里，它们安静不动地低声地说："你们放心吧，这儿准保暖和。"真的，济南的人们在冬天是面上含笑的。他们一看那些小山，心中便觉得有了着落，有了依靠。他们由天上看到山上，便不知不觉地想起："明天也许就是春天了吧？这样的温暖，今天夜里山草也许就绿起来了吧？”就是这点幻想不能一时实现，他们也并不着急，因为这样慈善的冬天，干啥还希望别的呢！

最妙的是下点小雪呀。看吧，山上的矮松越发的青黑，树尖上顶着一髻儿白花，好像日本看护妇。山尖全白了，给蓝天镶上一道银边。山坡上，有的地方雪厚点，有的地方草色还露着；这样，一道儿白，一道儿暗黄，给山们穿上一件带水纹的花衣；看着看着，这件花衣好像被风儿吹动，叫你希望看见一点更美的山的肌肤。等到快日落的时候，微黄的阳光斜射在山腰上，那点薄雪好像忽然害了羞，微微露出点粉色。就是下小雪吧，济南是受不住大雪的，那些小山太秀气！

古老的济南，城里那么狭窄，城外又那么宽敞，山坡上卧着些小村庄，小村庄的房顶上卧着点雪，对，这是张小水墨画，也许是唐代的名手画的吧。

那水呢，不但不结冰，倒反在绿萍上冒着点热气，水藻真绿，把终年贮蓄的绿色全拿出来了。天儿越晴，水藻越绿，就凭这些绿的精神，水也不忍得冻上；况且那些长枝的垂柳还要在水里照个影儿呢！看吧，由澄清的河水慢慢往上看吧，空中，半空中，天上，自上而下全是那么清亮，那么蓝汪汪的，整个的是块空灵的蓝水晶。这块水晶里，包着红屋顶，黄草山，像地毯上的小团花的灰色树影。这就是冬天的济南。

春　风

老　舍

济南与青岛是多么不相同的地方呢！一个设若比作穿肥袖马褂的老先生，那一个便应当是摩登的少女。可是这两处不无相似之点。拿气候说吧，济南的夏天可以热死人，而青岛是有名的避暑所在；冬天，济南也比青岛冷。但是，两地的春秋颇有点相同。济南到春天多风，青岛也是这样；济南的秋天是长而晴美，青岛亦然。

对于秋天，我不知应爱哪里的：济南的秋是在山上，青岛的是海边。济南是抱在小山里的；到了秋天，小山上的草色在黄绿之间，松是绿的，别的树叶差不多都是红与黄的。就是那没树木的山上，也增多了颜色——日影、草色、石层，三者能配合出种种的条纹，种种的影色。配上那光暖的蓝空，我觉到一种舒适安全，只想在山坡上似睡非睡的躺着，躺到永远。青岛的山——虽然怪秀美——不能与海相抗，秋海的波还是春样的绿，可是被清凉的蓝空给开拓出老远，平日看不见的小岛清楚的点在帆外。这远到天边的绿水使我不愿思想而不得不思想；一种无目的的思虑，要思虑而心中反倒空虚了些。济南的秋给我安全之感，青岛的秋引起我甜美的悲哀。我不知应当爱哪个。

两地的春可都被风给吹毁了。所谓春风，似乎应当温柔，轻吻着柳枝，微微吹皱了水面，偷偷的传送花香，同情的轻轻掀起禽鸟的羽毛。济南与青岛的春风都太粗猛。济南的风每每在丁香海棠开花的时候把天刮黄，什么也看不见，连花都埋在黄暗中，青岛的风少一些沙土，可是狡猾，在已很暖的时节忽然来一阵或一天的冷风，把一切都送回冬天去，棉衣不敢脱，花儿不敢开，海边翻着愁浪。

两地的风都有时候整天整夜的刮。春夜的微风送来雁叫，使人似乎多些希望。整夜的大风，门响窗户动，使人不英雄的把头埋在被子里；即使无害，也似乎不应该如此。对于我，特别觉得难堪。我生在北方，听惯了风，可也最怕风。听是听惯了，因为听惯才知道那个难受劲儿。它老使我坐卧不安，心中游游摸摸的，干什么不好，不干什么也不好。它常常打断我的希望：听见风响，我懒得出门，觉得寒冷，心中渺茫。春天仿佛应当有生气，应当有花草，这样的野风几乎是不可原谅的！我倒不是个弱不禁风的人，虽然身体不很足壮。我能受苦，只是受不住风。别种的苦处，多少是在一个地方，多少有个原因，多少可以设法减除；对风是干没办法。总不在一个地方，到处随时使我的脑子晃动，像怒海上的船。它使我说不出为什么苦痛，而且没法子避免。它自由的刮，我死受着苦。我不能和风去讲理或吵架。单单在春天刮这样的风！可是跟谁讲理去呢？苏杭的春天应当没有这不得人心的风吧？我不准知道，而希望如此。好有个地方去“避风”呀！

新年醉话

老　舍

大新年的，要不喝醉一回，还算得了英雄好汉么？喝醉而去闷睡半日，简直是白糟蹋了那点酒。喝醉必须说醉话，其重要至少等于新年必须喝醉。

醉话比诗话词话官话的价值都大，特别是在新年。比如你恨某人，久想骂他猴崽子一顿。可是平日的生活，以清醒温和为贵，怎好大睁白眼的骂阵一番？到了新年，有必须喝醉的机会，不乘此时节把一年的“储蓄骂”都倾泻净尽，等待何时？于是乎骂矣。一骂，心中自然痛快，且觉得颇有英雄气概。因此，来年的事业也许更顺当，更风光；在元旦或大年初二已自诩为英雄，一岁之计在于春也。反之，酒只两盅，菜过五味，欲哭无泪，欲笑无由。只好哼哼唧唧噜哩噜苏，如老母鸡然，则癞狗见了也多咬你两声，岂能成为民族的英雄？

再说，处此文明世界，女扮男装。许多许多男子大汉在家中乾纲不振。欲恢复男权，以求平等，此其时矣。你得喝醉哟，不然哪里敢！既醉，则挑鼻子弄眼，不必提名道姓，而以散文诗冷嘲，继以热骂：头发烫得像鸡窝，能孵小鸡么？曲线美，直线美又几个钱一斤？老子的钱是容易挣得？哼！诸如此类，无须管层次清楚与否，但求气势畅利。每当少为停顿，则加一哼，哼出两道白气，这么一来，家中女性，必都惶恐。如不惶恐，则拉过一个——以老婆为最合适——打上几拳。即使因此而罚跪床前，但床前终少见证，而醉骂则广播四邻，其声势极不相同，威风到底是男子汉的。闹过之后，如有必要，得请她看电影；虽发是鸡窝如故，且未孵出小鸡，究竟得显出不平凡的亲密。即使完全失败，跪在床前也不见原谅，到底酒力热及四肢，不至着凉害病，多跪一会儿正自无损。这自然是附带的利益，不在话下。无论怎说，你总得给女性们一手儿瞧瞧，纵不能一战成功，也给了她们个有力的暗示——你并不是泥人哟。久而久之，只要你努力，至少也使她们明白过来：你有时候也曾闹脾气，而跪在床前殊非完全投降的意思。

至若年底搪债，醉话尤为必需。讨债的来了，见面你先喷他一口酒气，他的威风马上得低降好多，然后，他说东，你说西，他说欠债还钱，你唱《四郎探母》。虽曰无赖，但过了酒劲，日后见面，大有话说。此“尖头曼”之所以为“尖头曼”也。

醉话之功，不止于此，要在善于运用。秘诀在这里：酒喝到八成，心中还记得“莫谈国事”，把不该说的留下；可以说的，如骂友人与恫吓女性，则以酒力充分活动想象力，务使自己成为浪漫的英雄。骂到伤心之处，宜紧紧摇头，使眼泪横流，自增杀气。

当是时也，切莫题词寄信，以免留叛逆的痕迹。必欲艺术的发泄酒性，可以在窗纸上或院壁上作画。画完题“醉墨”二字，豪放之情乃万古不朽。

猫

老　舍

猫的性格实在有些古怪。说它老实吧，它的确有时候很乖。它会找个暖和地方，成天睡大觉，无忧无虑。什么事也不过问。可是，赶到它决定要出去玩玩，就会走出一天一夜，任凭谁怎么呼唤，它也不肯回来。说它贪玩吧，的确是呀，要不怎么会一天一夜不回家呢？可是，及至它听到点老鼠的响动啊，它又多么尽职，闭息凝视，一连就是几个钟头，非把老鼠等出来不拉倒！

它要是高兴，能比谁都温柔可亲：用身子蹭你的腿，把脖儿伸出来要求给抓痒，或是在你写稿子的时候，跳上桌来，在纸上踩印几朵小梅花。它还会丰富多腔地叫唤，长短不同，粗细各异，变化多端，力避单调。在不叫的时候，它还会咕噜咕噜地给自己解闷。这可都凭它的高兴。它若是不高兴啊，无论谁说多少好话，它一声也不出，连半个小梅花也不肯印在稿纸上！它倔强得很！

是，猫的确是倔强。看吧，大马戏团里什么狮子，老虎，大象，狗熊，甚至于笨驴，都能表演一些玩艺儿，可是谁见过要猫呢？（昨天才听说：苏联的某马戏团里确有要猫的，我当然还没亲眼见过。）

这种小动物确是古怪。不管你多么善待它，它也不肯跟着你上街去逛逛。它什么都怕，总想藏起来。可是它又那么勇猛，不要说见着小虫和老鼠，就是遇上蛇也敢斗一斗。它的嘴往往被蜂儿或蝎子螫的肿起来。

赶到猫儿们一讲起恋爱来，那就闹得一条街的人们都不能安睡。它们的叫声是那么尖锐刺耳，使人觉得世界上若是没有猫啊，一定会更平静一些。

可是，及至女猫生下两三个棉花团似的小猫啊，你又不恨它了。它是那么尽责地看护儿女，连上房兜兜风也不肯去了。

郎猫可不那么负责，它丝毫不关心儿女。它或睡大觉，或上屋去乱叫，有机会就和邻居们打一架，身上的毛儿滚成了毡，满脸横七竖八都是伤痕，看起来实在不大体面。好在它没有照镜子的习惯，依然昂首阔步，大喊大叫，它匆忙地吃两口东西，就又去挑战开打。有时候，它两天两夜不回家，可是当你以为它可能已经远走高飞了，它却瘸着腿大败而归，直入厨房要东西吃。

过了满月的小猫们真是可爱，腿脚还不甚稳，可是已经学会淘气。妈妈的尾巴，一根鸡毛，都是它们的好玩具，耍上没结没完。一玩起来，它们不知要摔多少跟头，但是跌倒即马上起来，再跑再跌。它们的头撞在门上，桌腿上，和彼此的头上。撞疼了也不哭。

它们的胆子越来越大，逐渐开辟新的游戏场所。它们到院子里来了。院中的花草可遭了殃。它们在花盆里摔跤，抱着花枝打秋千，所过之处，枝折花落。你不肯责打它们，它们是那么生气勃勃，天真可爱呀。可是，你也爱花。这个矛盾就不易处理。

现在，还有新的问题呢：老鼠已差不多都被消灭了，猫还有什么用处呢？而且，猫既吃不着老鼠，就会想办法去偷捉鸡雏或小鸭什么的开开斋。这难道不是问题么？

在我的朋友里颇有些位爱猫的。不知他们注意到这些问题没有？记得二十年前在重庆住着的时候，那里的猫很珍贵，须花钱去买。在当时，那里的老鼠是那么猖狂，小猫反倒须放在笼子里养着，以免被老鼠吃掉。据说，目前在重庆已很不容易见到老鼠。那么，那里的猫呢？是不是已经不放在笼子里，还是根本不养猫了呢？这须打听一下，以备参考。

也记得三十年前，在一艘法国轮船上，我吃过一次猫肉。事前，我并不知道那是什么肉，因为不识法文，看不懂菜单。猫肉并不难吃，虽不甚香美，可也没什么怪味道。是不是该把猫都送往法国轮船上去呢？我很难作出决定。

猫的地位的确降低了，而且发生了些小问题。可是，我并不为猫的命运多耽什么心思。想想看吧，要不是灭鼠运动得到了很大的成功，消除了巨害，猫的威风怎会减少了呢？两相比较，灭鼠比爱猫更重要的多，不是吗？我想，世界上总会有那么一天，一切都机械化了，不是连驴马也会有点问题吗？可是，谁能因耽忧驴马没有事做而放弃了机械化呢？

歌　声

朱自清

昨晚中西音乐歌舞大会里“中西丝竹和唱”的三曲清歌，真令我神迷心醉了。

仿佛一个暮春的早晨，霏霏的毛雨默然洒在我脸上，引起润泽，轻松的感觉。新鲜的微风吹动我的衣袂，像爱人的鼻息吹着我的手一样。我立的一条白矾石的甬道上，经了那细雨，正如涂了一层薄薄的乳油；踏着只觉越发滑腻可爱了。

这是在花园里。群花都还做她们的清梦。那微雨偷偷洗去她们的尘垢，她们的甜软的光泽便自焕发了。在那被洗去的浮艳下，我能看到她们在有日光时所深藏着的恬静的红，冷落的紫，和苦笑的白与绿。以前锦绣般在我眼前的，现在都带了黯淡的颜色。——是愁着芳春的销歇么？是感着芳春的困倦么？

大约也因那濛濛的雨，园里没了秾郁的香气。涓涓的东风只吹来一缕缕饿了似的花香；夹带着些潮湿的草丛的气息和泥土的滋味。园外田亩和沼泽里，又时时送过些新插的秧，少壮的麦，和成荫的柳树的清新的蒸气。这些虽非甜美，却能强烈地刺激我的鼻观，使我有愉快的倦怠之感。

看啊，那都是歌中所有的：我用耳，也用眼，鼻，舌，身，听着；也用心唱着。我终于被一种健康的麻痹袭取了。于是为歌所有。此后只由歌独自唱着，听着；世界上便只有歌声了。

西湖夜游记

李叔同

壬子七月，余重来杭州，客师范学舍。残暑未歇，庭树肇秋，高楼当风，竟夕寂坐。越六日，偕姜、夏二先生游西湖。

于时晚晖落红，暮山被紫，游众星散，流萤出林。湖岸风来，轻裾致爽。

乃入湖上某亭，命治茗具。又有菱芰，陈粲盈几。短童侍坐，狂客披襟，申眉高谈，乐说旧事。庄谐杂作，继以长啸，林鸟惊飞，残灯不华。起视明湖，莹然一碧；远峰苍苍，若现若隐，颇涉遐想，因忆旧游。

曩岁来杭，故旧交集，文子耀斋，田子毅侯，时相过从，辄饮湖上。岁月如流，倏逾九稔。生者流离，逝者不作，坠欢莫拾，酒痕在衣。刘孝标云：“魂魄一去，将同秋草。”吾生渺茫，可唏然感矣。

漏下三箭，秉烛言归。星辰在天，万籁俱寂，野火暗暗，疑似青磷；垂杨沉沉，有如酣睡。

归来篝灯，斗室无寐，秋声如雨，我劳如何？日暝意倦，濡笔记之。

上景山

许地山

无论哪一季，登景山最合宜的时间是在清早或下午三点以后。晴天，眼界可以望到天涯底朦胧处；雨天，可以赏雨脚底长度和电光底迅射；雪天，可以令人咀嚼着无色界底滋味。

在万春亭上坐着，定神看北上门后底马路（从前路在门前，如今路在门后）尽是行人和车马，路边底梓树都已掉了叶子。不错，已经立冬了，今年天气可有点怪，到现在还没冻冰。多谢芰荷底业主把残茎都去掉，教我们能看见紫禁城外护城河底水光还在闪烁着。

神武门上是关闭得严严地。最讨厌的是楼前那枝很长的旗竿，侮辱了全个建筑底庄严。门楼两旁树它一对，不成吗？禁城上时时有人在走着，恐怕都是外国的旅人。

皇宫一所一所排列着非常整齐。怎么一个那么不讲纪律的民族，会建筑这么严整的宫廷？我对着一片黄瓦这样想着。不，说不讲纪律未免有点过火，我们可以说这民族是把旧的纪律忘掉，正在找一个新的咧。新的找不着，终究还要回来的。北京房子，皇宫也算在里头，主要的建筑都是向南的，谁也没有这样强迫过建筑者，说非这样修不可。但纪律因为利益所在，在不言中被遵守了。夏天受着解愠的薰风，冬天接着可爱的暖日，只要守着盖房子底法则，这利益是不用争而自来的。所以我们要问在我们的政治社会里有这样的薰风和暖日吗？

最初在崖壁上写大字铭功底是强盗的老师，我眼睛看着神武门上底几个大字，心里想着李斯。皇帝也是强盗的一种，是个白痴强盗。他抢了天下把自己监禁在宫中，把一切宝物聚在身边，以为他是富有天下。这样一代过一代，到头来还是被他的糊涂奴仆，或贪婪臣宰，讨，瞒，偷，换，到连性命也不定保得住。这岂不是个白痴强盗？在白痴强盗底下才会产出大盗和小偷来。一个小偷，多少总要有一点跳女墙钻狗洞的本领，有他底禁忌，有他底信仰和道德。大盗只会利用他的奴性去请托攀缘，自赞赞他，禁忌固然没有，道德更不必提。谁也不能不承认盗贼是寄生人类底一种，但最可杀的是那班为大盗之一的斯文贼。他们不像小偷为延命去营鼠雀的生活；也不像一般的大盗，凭着自己的勇敢去抢天下。所以明火打劫底强盗最恨底是斯文贼。这里我又联想到张献忠。有一次他开科取士，檄诸州举贡生员，后至者妻女充院，本犯剥皮，有司教官斩，连坐十家。诸生到时，他要他们在一丈见方底大黄旗上写个帅字，字画要像斗底粗大，还要一笔写成。一个生员王志道缚草为笔，用大缸贮墨汁将草笔泡在缸里，三天，再取出来写。果然一笔写成了。他以为可以讨献忠底喜欢，谁知献忠说："他日图我必定是你。"立即把他杀来祭旗。献忠对待念书人是多么痛快。他知道他们是寄生底寄生。他的使命是来杀他们。

东城西城底天空中，时见一群一群旋飞的鸽子。除去打麻雀，逛窑子，上酒楼以外，这也是一种古典的娱乐。这种娱乐也来得群众化一点。它能在空中发出和悦的响声，翩翩地飞绕着，教人觉得在一个灰白色的冷天，满天乱飞乱叫的老鸹底讨厌。然而在刮大风底时候，若是你有勇气上景山底最高处，看看天安门楼屋脊上底鸦群，噪叫底声音是听不见，它们随风飞扬，直像从什么大树飘下来底败叶，凌乱得有意思。

万春亭周围被挖得东一沟，西一窟。据说是管宫底当局挖来试看煤山是不是个大煤堆，像历来的传说所传底，我心里暗笑信这说底人们。是不是因为北宋亡国的时候，都人在城被围时，拆毁艮岳底建筑木材去充柴火，所以计画建筑北京底人预先堆起一大堆煤，万一都城被围底时，人民可以不拆宫殿。这是笨想头。若是我来计画，最好来一个米山。米在万急的时候，也可以生吃，煤可无论如何吃不得。又有人说景山是太行的最终一峰。这也是瞎说。从西山往东几十里平原，可怎么不偏不颇在北京城当中出了一座景山？若说北京底建筑就是对着景山底子午，为什么不对北海底琼岛？我想景山明是开紫金城外底护河所积的土，琼岛也是垒积从北海挖出来底土而成的。

从亭后底树缝里远远看见鼓楼。地安门前后底大街，人马默默地走，城市底喧嚣声，一点也听不见。鼓楼是不让正阳门那样雄壮地挺着。它底名字，改了又改，一会是明耻楼，一会又是齐政楼，现在大概又是明耻楼吧。明耻不难，雪耻得努力。只怕市民能明白那耻底还不多，想来是多么可怜。记得前几年“三民主义”“帝国主义”这套名词随着北伐军到北平底时候，市民看些篆字标语，好像都明白各人蒙着无上的耻辱，而这耻辱是由于帝国主义底压迫。所以大家也随声附和唱着打倒和推翻。

从山上下来，崇祯殉国底地方依然是那么半死的槐树。据说树上原有一条链子锁着，庚子联军入京以后就不见了，现在那枯槁的部分，还有一个大洞，当时的链痕还隐约可以看见。义和团运动的结果，从解放这棵树发展到解放这民族。这是一件多么可以发人深思的对象呢？山后的柏树发出幽恬底香气，好像是对于这地方底永远供物。

寿皇殿锁闭得严严地，因为谁也不愿意努尔哈赤底种类再做白痴的梦。每年的祭祀不举行了，庄严的神乐再也不能听见，只有从乡间进城来唱秧歌的孩子们，在墙外打的锣鼓，有时还可以送到殿前。

到景山门，回头仰望顶上方才所坐底地方，人都下来了。树上几只很面熟却不认得底鸟在叫着。亭里残破的古佛还坐在结那没人能懂底手印。

木棉花

杨　朔

一到南国，情调便显然不同了。北方才是暮春，你在这儿却可以听见蝉、蛙，以及其他不知名的夏虫在得意地吟鸣。夜间，草丛和树梢流动着的萤火更给你带来不少夏天的消息。然而这才不过是三月底。

白天，整个大地便成为可怕的蒸笼。轻细的縠纱已经披上士女高贵的躯体，而苦力们赤着脊梁，光着脚板，在推，在拉，在掮，闷热的汗臭常从他们周身的粗糙的毛孔散发出来，这使过路的士女们蹙紧眉，急急用洒满法兰西香水的手绢捂着她们的鼻子，要不然，她们准会晕过去！

警察依旧穿着春季厚重的制服，站在路心指挥着来来往往的脚踏车，车仔，汽车……他们显得很呆滞，机械地挥动着手臂，而当大气中传来尖锐的汽笛时，他们仍然是机械地在岗棚上挂起一面红旗，看不出一点冲动的表情。

红旗的颜色虽然含着流血的意义，但它低垂着头，永远被人很冷淡地待遇着。街头流着人潮；茶馆里叫嚣着食客；大旅馆的西餐间开着风扇，富老们惬意地吃着雪糕，他们对于警报比一般人更要淡漠十倍，因为像这样大建筑的屋顶上都有避弹网，他们的生命是绝对安全的。

不过今天的轰炸却是特别厉害。镇定的市民也不能不暂时停止他们正在进行的动作，侧起耳朵听一听。

飞机的翅翼粗狂地搏击着沉郁的大气，高射炮的声音是急剧而响亮，这同低哑而窒闷的炸弹画成截然不同的音符。

广州市民对于空袭所以那样不在意，当然是从经验中生出宽大的胆量，而同时，每天空袭的次数如此频繁，如果警报一来，市民便藏躲起来，那么全市的脉搏都要整天地停息不动。

其实，炸弹的破坏力也真是太渺小了！

空袭刚过，我便爬上越秀山的中山纪念塔，纵眺着烟瘴漠漠的整个广州市，越秀山旁被炸的几处地方，简直是汪洋大海里的几点泡沫，多么细小而可怜呵！但这就是日本帝国主义的实力！

广九路被炸了，我的当天去香港的计划因而受到阻挠，这使我烦躁。

旅馆的客厅很凉爽，电灯投下浅蓝而柔和的光线，一个宁静的黄昏。

坐在我对面的那位旅客十分健谈。他是浙江人，对于这边的情形却很熟悉。他的嗓音高朗而圆润，语气也有动人的顿挫。

“我不能完全同意您的话：战争可以消灭所有内部的腐化分子。

我能够给您指出眼前最有力的反证——请看粤汉铁路！”他伸出右手的食指，在他的面门前一点，加强自己谈话的语气。

我明白他是误会了我的话。我不过是说这次民族自卫战争很像一块试金石，一个人品格的高低可以立刻辨析清楚；又像外科医生的手术刀，可以加速割除溃烂的疽疮。然而假使医生刚才操起刀子，还不曾施行完毕割治的手术，你就希望全身的疽疮一齐即时痊愈，这当然是不可能的事实。

可是他的话已经擒住我的注意力，我焦急地要听听他所举的反证，因而不愿意打断他的话头。

“现在说起来，粤汉铁路的国防性简直太大了！”他似乎是在作文章，每个字都极费斟酌。“它可以比做一个人的喉管，有了它，这个人才能呼吸，四肢才能活泼有力，才能还击敌人的打击！不过粤汉路并不是一条健全通畅的呼吸管，反而是在可怕的腐烂着——我这儿所说的腐烂是指的营私舞弊！”

“舞弊的方法很多，现在我们只谈‘卖车皮’。粤汉路于今正忙着军运，商家的货品堆积得像山，很不容易弄到车皮装运。其实车皮不是没有，只是少罢了。于是商家为了抢先装运自己的货物便不惜对车站负责人行使贿赂。车站方面一瞧这是笔好买卖，所以每辆车皮都被看成奇货，哪家商店出的贿赂多就先给哪家运货。久而久之，‘卖车皮’成了车站人员公开的‘外快’，如果商店不花运动费，他的货物便一辈子也运不走！”

“谁得这些运动费呢？”

“当然是车站职员大家分啦。通同作弊，谁也不告发谁！”

他把两手一张，愤愤地加添说：

“你看，前线打得多急，后方还是乌烟瘴气！战争对于没有人心的坏家伙似乎一点不起什么作用！”

我并不怀疑他的话，但我不同意他的悲观的结论。

“一切都会慢慢地好起来！”我的信念是像南国盛开着的木棉花一样的鲜明，美丽。我掏出口袋里珍藏着的一朵，这是我今天在越秀山上拾来的。它红得像是一团火。

第二天，广九路通车了。傍晚才开驶，白天恐怕遭受空袭。

旅客多得可以叠成山，堆成垛，如果车厢不坚牢，一定会被挤得粉碎。

他们大部分是难民，高等难民！他们有钱，要命，逃避现实，逃避战争，然而在内地再没有一寸平静的土地了，哪儿是天堂?

香港，这个美丽的海岛，暂时还是平静的，因此便成为富人的桃花源了。那儿有香，有色，有幸福，有享乐，而招引他们的最大的饼饵却是大英帝国的旗子，那面有着中国舞台上的花脸一样斑斓纹理的旗帜!

旅客们剥着蜜柑，吃着牛肉干，互相兴奋地谈笑着。西装男子翻开英文报纸，眼睛却望着一些穿长衫的客人，似乎在说：

“英文都不懂，你们配到香港么？”

一个讨厌的消息忽然传开来。车厢里，千百只嘴金头苍蝇似的嗡嗡着：

“怎么，还要换车么？”

“在哪儿？”

“石滩！”

火车开到石滩，已经是黑夜了。这里有一座桥昨天炸坏，还不曾修理完好。广州和九龙对开的火车必须停在桥的两端，等两方面的旅客互相换完车后，火车便各自驶回原站。

这是一段长长的路，旅客须得提着行囊，走过破损的桥梁，才能跳上对岸那辆火车。

夜很黑，虽然铁道两旁树木上每隔一段距离便挂一盏灯，这并不能给予乘客多大的帮助。

我提着一只小皮箱，挤在人群里，脚下的碎石块时时会把我绊一个踉跄。人们争着向前抢，胸脯，脊背，大腿，胳膊，挤做一堆，搅成一团，反而半步也迈不动。

“下边走，下边走……”

我随着一部分乘客冲下高起的路基，沿着一带水边向前奔走。路是又黑又泞，随时都有跌进水塘的可能。

“上边走，上边走……”

怎么回事呀？原来已经来到木桥，于是大家又争着往上爬。爬呀，爬呀，脚下一滑，连人带行李滚下来，后边的旅客也被打倒。

路基全是石块砌成，石缝生着青草，浓重的夜露把草叶都濡湿了。

草露滑得像油，我摔了两三跤，等到第二次爬上路基，大队的旅客已经不见了。

落后的人们慌慌张张向前奔跑，害怕耽误火车。跑过木桥，追上大队，我的衬衫早被汗水湿透。

忽而，这又是怎样的一次冲锋呵！

一团一团黑压压的东西塞满每个车门，没有头，没有脑。孩子的哭声，女人的尖叫，随着黑色的怪物一起翻滚。

只一跳，我仿佛跌进急转的漩涡，全身失去自主的能力，任凭人潮的振动而忽东忽西。

可是我抓住铁栏了，蹬上梯级了，攀上火车了，终于挤进散布着汗臭的车厢。我的眼前是一片模糊，揉揉眼，汗水已经渗入我的睫毛。

人们从过度的紧张跌入疲倦。大家坐着，站着，肉贴着肉，谁都不说一句话。

而脚下，车轮飞快地碾动着，驶过石龙……平湖……粉岭，奔向最终的目的地——九龙。

“进入英国管地了！”谁在快意地舒一口气。许多张脸立时转向车窗。窗外是漆黑的原野，漆黑的天空，夜风吹送着潮湿的青草气息飘进车厢，这里暂时还是“自由”的天地。

抛在他们身后的是残酷的战争，丑恶的现实！

第四章　不完满才是人生

每个人都争取一个完满的人生。

然而，自古及今，海内海外，

一个百分之百完满的人生是没有的。

所以我说，不完满才是人生。

老年谈老

季羡林

老年谈老，就在眼前；然而谈何容易！

原因何在呢？原因就在，自己有时候承认老，有时候又不承认，真不知道从何处谈起。

记得很多年以前，自己还不到六十岁的时候，有人称我为“季老”，心中颇有反感，应之逆耳，不应又不礼貌，左右两难，极为尴尬。然而曾几何时，在不知不觉中，渐渐地听得入耳了，有时甚至还有点甜蜜感。自己吃了一惊：原来自己真是老了，而且也承认老了。至于这个大转变是从什么时候开始的，自己有点茫然懵然，我正在推敲而且研究。

不管怎样，一个人承认老是并不容易的。我的一位九十岁出头的老师有一天对我说，他还不觉得老，其他可知了。我认为，在这里关键是一个“渐”字。若干年前，我读过丰子恺先生一篇含有浓厚哲理的散文，讲的就是这个“渐”字。这个字有大神通力，它在人生中的作用决不能低估。人们有了忧愁痛苦，如果不渐渐地淡化，则一定会活不下去的。人们逢到极大的喜事，如果不渐渐地恢复平静，则必然会忘乎所以，高兴得发狂。人们进入老境，也是逐渐感觉到的。能够感觉到老，其妙无穷。人们渐渐地觉得老了，从积极方面来讲，它能够提醒你：一个人的岁月绝不是取之不尽用之不竭的，应该抓紧时间，把想做的事情做完，做好，免得无常一到，后悔无及。从消极方面来讲，一想到自己的年龄，那些血气方刚时干的勾当就不应该再去硬干。个别喜欢争名于朝、争利于市的人，或许也能收敛一点。老之为用大矣哉！

我自己是怎样对待老年呢？说来也颇为简单。我虽年届耄耋，内部零件也并不都非常健全；但是我处之泰然，我认为，人上了年纪，有点这样那样的病，是合乎自然规律的，用不着大惊小怪。如果年老了，硬是一点病都没有，人人活上二三百岁甚至更长的时间，那么今天狂呼“老龄社会”者，恐怕连嗓子也会喊哑，而且吓得浑身发抖，连地球也会被压塌的。我不想做长生的梦。我对老年，甚至对人生的态度是道家的。我信奉陶渊明的两句诗：

纵浪大化中
不喜亦不惧

这就是我对待老年的态度。

看到我已经有了一把子年纪，好多人都问我：有没有什么长寿秘诀。我的答复是：我的秘诀就是没有秘诀，或者不要秘诀。我常常看到有一些相信秘诀的人，禁忌多如牛毛。这也不敢吃，那也不敢尝，比如，吃鸡蛋只吃蛋清，不吃蛋黄，因为据说蛋黄胆固醇高；动物内脏决不入口，同样因为胆固醇高。有的人吃一个苹果要消三次毒，然后削皮；削皮用的刀子还要消毒，不在话下；削了皮以后，还要消一次毒，此时苹果已经毫无苹果味道，只剩下消毒药水味了。从前有一位化学系的教授，吃饭要仔细计算卡路里的数量，再计算维生素的数量，吃一顿饭用的数学公式之多等于一次实验。结果怎样呢？结果每月饭费超过别人十倍，而人却瘦成一只干巴鸡。一个人到了这个地步，还有什么人生之乐呢？如果再戴上放大百倍的显微镜眼镜，则所见者无非细菌，试问他还能活下去吗？

至于我自己呢，我决不这样做，我一无时间，二无兴趣。凡是我觉得好吃的东西我就吃，不好吃的我就不吃，或者少吃，卡路里、维生素统统见鬼去吧。心里没有负担，胃口自然就好，吃进去的东西都能很好地消化。再辅之以腿勤、手勤、脑勤，自然百病不生了。脑勤我认为尤其重要。如果非要让我讲出一个秘诀不行的话，那么我的秘诀就是：千万不要让脑筋懒惰，脑筋要永远不停地思考问题。

我已年届耄耋，但是，专就北京大学而论，倚老卖老，我还没有资格。在教授中，按年龄排队，我恐怕还要排到二十多位以后。我幻想眼前有一个按年龄顺序排列的向八宝山进军的北大教授队伍。我后面的人当然很多。但是向前看，我还算不上排头，心里颇得安慰，并不着急。可是偏有一些排在我后面的比我年轻的人，风风火火，抢在我前面，越过排头，登上山去。我心里实在非常惋惜，又有点怪他们，今天我国的平均寿命已经超过七十岁，比解放前增加了一倍，你们正在精力旺盛时期，为国效力，正是好时机，为什么非要抢先登山不行呢？这我无法阻拦，恐怕也非本人所愿。不过我已下定决心，决不抢先加塞儿。

不抢先加塞儿活下去目的何在呢？要干些什么事呢？我一向有一个自己认为是正确的看法：人吃饭是为了活着，但活着却不是为了吃饭。到了晚年，更是如此。我还有一些工作要做，这些工作对人民对祖国都还是有利的，不管这个“利”是大是小。我要把这些工作做完，同时还要再给国家培养一些人才。我仍然要老老实实干活，清清白白做人，决不干对不起祖国和人民的事；要尽量多为别人着想，少考虑自己的得失。人过了八十，金钱富贵等同浮云，要多为下一代操心，少考虑个人名利，写文章决不剽窃抄袭，欺世盗名。等到非走不行的时候，就顺其自然，坦然离去，无愧于个人良心，则吾愿足矣。

要说的话已经说完，但是我还想借这个机会发点牢骚。我在上面提到“老龄社会”这个词儿。这个概念我是懂得的，有一些措施我也是赞成的。什么干部年轻化，教师年轻化，我都举双手赞成。但是我对报纸上天天大声叫嚷“老龄社会”，却有极大的反感。好像人一过六十就成了社会的包袱，成了阻碍社会进步的绊脚石，我看有点危言耸听，不知道用意何在。我自己已是老人，我也观察过许多别的老人。他们中游手好闲者有之，躺在医院里不能动的有之，天天提鸟笼持钓竿者有之，如此等等，不一而足。但这只是少数，并不是老人的全部。还有不少老人虽然已经寿登耄耋，年逾期颐，向着白寿甚至茶寿进军，但仍然勤勤恳恳，焚膏继晷，兀兀穷年，难道这样一些人也算是社会的包袱吗？我倒不一定赞成“姜是老的辣”这样一句话。年轻人朝气蓬勃，是我们未来希望之所在，让他们登上要路津，是完全必要的。但是对老年人也不必天天絮絮叨叨，耳提面命：“你们已经老了！你们已经不行了！对老龄社会的形成你们不能辞其咎呀！”这样做有什么用处呢？随着生活的日益改善，人们的平均寿命还要提高，将来老年人在社会中所占的比例还要提高。即使你认为这是一件坏事，你也没有法子改变。听说从前钱玄同先生主张，人过四十一律枪毙。这只是愤激之辞，有人作诗讽刺他自己也活过了四十而照样活下去。我们有人老是为社会老龄化担忧，难道能把六十岁以上的人统统赐自尽吗？老龄化同人口多不是一码事。担心人口爆炸，用计划生育的办法就能制止。老龄化是自然趋势，而且无法制止。既然无法制止，就不必瞎嚷，这是徒劳无益的。我总怀疑，“老龄化”这玩意儿也是从外国进口的舶来品。西方人有同我们不同的伦理概念。我们大可以不必东施效颦。质诸高明，以为如何？

牢骚发完，文章告终，过激之处，万望包容。

随遇而安（节选）

汪曾祺

我当了一回右派，真是三生有幸。要不然我这一生就更加平淡了。

我不是一九五七年打成右派的，是一九五八年“补课”补上的，因为本系统指标不够。划右派还要有“指标”，这也有点奇怪。这指标不知是一个什么人所规定的。

一九五七年我曾经因为一些言论而受到批判，那是作为思想问题来批判的。在小范围内开了几次会，发言都比较温和，有的甚至可以说很亲切。事后我还是照样编刊物，主持编辑部的日常工作。

一九五八年夏天，一天（我这人很糊涂，不记日记，许多事都记不准时间），我照常去上班，一上楼梯，过道里贴满了围攻我的大字报。要拔掉编辑部的“白旗”，措辞很激烈，已经出现“右派”字样。我顿时傻了。运动，都是这样：突然袭击。其实背后已经策划了一些日子，开了几次会，作了充分的准备，只是本人还蒙在鼓里，什么也不知道。这可以说是暗算。但愿这种暗算以后少来，这实在是很伤人的。

开了多次会，批判的同志实在没有多少可说的了。结论下来了：定为一般“右派”，下放农村劳动。

我下放的单位是一个地区性的农业科学研究所。初干农活，当然很累。像起猪圈、刨冻粪这样的重活，真够一呛。我这才知道“劳动是沉重的负担”这句话的意义。我们和农业工人干活在一起，吃住在一起。晚上被窝挨着被窝睡在一铺大炕上。农业工人在枕头上和我说了一些心里话，没有顾忌。我这才比较切近地观察了农民，比较知道中国的农村，中国的农民是怎么一回事。这对我确立以后的生活态度和写作态度是很有好处的。

一九五九年底给我们几个人做鉴定，参加的有工人组长和部分干部。工人组长一致认为：老汪干活不藏奸，和群众关系好，“人性”不错，可以摘掉右派帽子。所领导考虑，才下来一年，太快了，再等一年吧。这样，我就在一九六〇年在交了一个思想总结后，经所领导宣布：摘掉右派帽子，结束劳动。暂时无接受单位，在本所协助工作。这个所有一个下属单位——“马铃薯研究站”，设在沽源。为什么设在沽源？沽源在坝上，是高寒地区（有一年下大雪，沽源西门外的积雪跟城墙一般高）。马铃薯本是高寒地带的作物。马铃薯在南方种几年，就会退化，需要到坝上调种。沽源是供应全国薯种的基地，研究站设在这里，理所当然。这里集中了全国各地、各个品种的马铃薯，不下百来种。

我在马铃薯研究站画《图谱》，真是神仙过的日子。没有领导，不用开会，就我一个人，自己管自己。这时正是马铃薯开花，我每天蹚着露水，到试验田里摘几丛花，插在玻璃杯里，对着花描画。我曾经给北京的朋友写过一首长诗，叙述我的生活。全诗已忘，只记得两句：

坐对一丛花，

眸子炯如虎。

下午，画马铃薯的叶子。天渐渐凉了，马铃薯陆续成熟，就开始画薯块。画一个整薯，还要切开来画一个剖面。一块马铃薯画完了，薯块就再无用处，我于是随手埋进牛粪火里，烤烤，吃掉。我敢说，像我一样吃过那么多品种的马铃薯的，全国盖无第二人。

白天画画，晚上就看我带去的几本书。

一九六二年初，我调回北京，在北京京剧团担任编剧，直至离休。

一直到一九七九年给全国绝大多数右派分子平反，我才算跟右派的影子告别。

有人问我："这些年你是怎么过来的？"他们大概觉得我的精神状态不错，有些奇怪，想了解我是凭仗什么力量支持过来的。我回答："随遇而安。"

随遇而安不是一种好的心态，这对民族的亲和力和凝聚力是会产生消极作用的。这种心态的产生，有历史的原因（如受老庄思想的影响），本人气质的原因（我就不是具有抗争性格的人），但是更重要的是客观，是"遇"，是环境的，生活的，尤其是政治环境的原因。中国的知识分子是善良的。曾被打成右派的那一代人，除了已经死掉的，大多数都还在努力地工作。他们的工作的动力，一是要证实自己的价值。人活着，总得做一点事。二是对生我养我的故国未免有情。

但是，要恢复对在上者的信任，甚至轻信，恢复年轻时的天真的热情，恐怕是很难了。他们对世事看淡了，看透了，对现实多多少少是疏离的。受过伤的心总是有璺的。人的心，是脆的。

这是没有办法的事。

为政临民者，可不慎乎。

不完满才是人生

季羡林

每个人都争取一个完满的人生。然而，自古及今，海内海外，一个百分之百完满的人生是没有的。所以我说，不完满才是人生。

关于这一点，古今的民间谚语，文人诗句，说到的很多很多。最常见的比如苏东坡的词："人有悲欢离合，月有阴晴圆缺，此事古难全。"南宋方岳（根据吴小如先生考证）诗句："不如意事常八九，可与人言无二三。"这都是我们时常引用的，脍炙人口的。类似的例子还能够举出成百上千来。

这种说法适用于一切人，旧社会的皇帝老爷子也包括在里面。他们君临天下，"率土之滨，莫非王臣"，可以为所欲为，杀人灭族，小事一端，按理说，他们不应该有什么不如意的事。然而，实际上，王位继承，宫廷斗争，比民间残酷万倍。他们威仪俨然地坐在宝座上，如坐针毡。虽然捏造了"龙御上宾"这种神话，他们自己也并不相信。他们想方设法以求得长生不老，他们最怕"一旦魂断，宫车晚出”。连英主如汉武帝、唐太宗之辈也不能“免俗”。汉武帝造承露金盘，妄想饮仙露以长生；唐太宗服印度婆罗门的灵药，期望借此以不死。结果，事与愿违，仍然是“龙御上宾”，呜呼哀哉了。

在这些皇帝手下的大臣们，“一人之下，万人之上”，权力极大，骄纵恣肆，贪赃枉法，无所不至。在这一类人中，好东西大概极少，否则包公和海瑞等决不会流芳千古，久垂宇宙了。可这些人到了皇帝跟前，只是一个奴才，常言道：伴君如伴虎，可见他们的日子并不好过。据说明朝的大臣上朝时在笏板上夹带一点鹤顶红，一旦皇恩浩荡，钦赐极刑，连忙用舌尖舔一点鹤顶红，立即涅槃，落得一个全尸。可见这一批人的日子也并不好过，谈不到什么完满的人生。

至于我辈平头老百姓，日子就更难过了。建国前后，不能说没有区别，可是一直到今天，仍然是“不如意事常八九”。早晨在早市上被小贩“宰”了一刀；在公共汽车上被扒手割了包，踩了人一下，或者被人踩了一下，根本不会说“对不起”了，代之以对骂，或者甚至演出全武行；到了商店，难免买到假冒伪劣的商品，又得生一肚子气。谁能说，我们的人生多是完满的呢？

再说到我们这一批手无缚鸡之力的知识分子，在历史上一生中就难得过上几天好日子。只一个“考”字，就能让你谈“考”色变。“考”者，考试也。在旧社会科举时代，“千军万马独木桥”，要上进，只有科举一途，你只需读一读吴敬梓的《儒林外史》，就能淋漓尽致地了解到科举的情况。以周进和范进为代表的那一批举人进士，其窘态难道还不能让你胆战心惊、啼笑皆非吗？

现在我们运气好，得生于新社会中。然而那一个“考”字，宛如如来佛的手掌，你别想逃脱得了。幼儿园升小学，考；小学升初中，考；初中升高中，考；高中升大学，考；大学毕业想当硕士，考；硕士想当博士，考。考，考，考，变成烤，烤，烤；一直到知命之年，厄运仍然难免，现代知识分子落到这一张密而不漏的天网中，无所逃于天地之间，我们的人生还谈什么完满呢？

灾难并不限于知识分子，“人人有一本难念的经”，所以我说“不完满才是人生”。这是一个“平凡的真理”。但是真能了解其中的意义，对己对人都有好处。对己，可以不烦不躁；对人，可以互相谅解。这会大大地有利于整个社会的安定团结。

在火焰中思索

毕淑敏

火焰中，不是一个思索的好地方。思索通常发生在静谧安全清宁的场合，当事人一般是舒缓宽松的。即使脑海内波涛翻滚高度紧张吧，外在的神情也必是收敛和沉着的。如果一个人大喊大叫着或是高速奔跑着或是披荆斩棘着，都和稳健的思考有着相当的距离。在那种风起云涌的时刻，即使有所想法，也是简单的和直线式的，是思考终结后的付诸行动。

俗话说，水火无情。但我想，水中，好像还是一个比火中较适宜进行思考的场所。水是细腻的，只要不是沸水和冰水，它在短时间内给人的感受还是柔软光滑的。有很多落难水中的人，在经过了数小时数十小时的搏击之后，依然获救，我想，同他们在水中进行了周密的思考和决策有关，也同水的特性有关。我听过一位在台风的沉船中偶然获救的船员说，他在水中一次又一次地分析海浪的方向，直到当一股最大的风浪打来的时候，他憋足气沉入其中，被那股浪推到了浅滩。

火，则要穷凶极恶得多。除去炉子和烧杯……这些被人所管辖的微火之外，所有的大面积的肆无忌惮的火，都是灼热和暴烈的，都是狠毒和惨绝人寰的。那些貌似轻快无邪的火舌，喷溅着巨大的毒汁。想想吧，灼伤我们宝贵的瞳孔。只需要一粒小小的火星。将我们跳跃的双脚变成焦炭，只需要在滚烫的废墟中穿行几步。在火中，你还得永远提防着火焰最阴险的助手——滚滚的浓烟。也许你还没来得及和火焰正面交锋，烟尘就已将你温润的肺腑，炙成边沿卷曲的铁板了。火中还潜伏着置人死地的爆炸、有毒的气体、坍塌的重物、崩溃的建筑……

如果火中仅仅存有这些恐怖的东西，事情也就简单明了——用所有极端的手段，扑灭它！但是，火中往往还存在着价值连城的宝藏，还存在着比这些宝藏更贵重千万倍的——生命。

于是，就有了救火者在火中的思考。

在那重重的金色孽龙的狂舞之中，我不知道救火者将思索些什么，那是怎样一种生命的极端困境，那是怎样一种职责的神圣抉择！

也许，救火者将思考自己的生命和他人的生命，孰轻孰重？这个问题，可能已经在平和的时段，思索过无数遍了。但我相信，在火中，这种思考，还将无数遍严酷而新鲜地地进行着。火焰凸现着生死的决裂，救火者，你将向何处倾斜你的天平？

也许，救火者将思索在地狱般的火海中，采用怎样的路线和方式才可达到最大限度最快速度地救人。火场瞬息万变，形势间不容发。火中的思考，将是对人的心智和决断的极大考验。我不知世上还有什么考场能比它更严峻和苛求？

也许救火者将感受到——皮肤的灼痛毛发的焚毁骨骼的重压呼吸的窒息……思索到用肉体，去殉道德和责任的坚忍与苦难。我不知道在漫天的火阵中，有多少人勇往直前了，有多少人退缩腾挪了？但人们会永远牢记这一行业中的英烈——因为它是大智大勇者的事业，它要求人类自我的战胜和精神的超越。

火焰中的思索，是短暂的，也是长久的。是庄严的，也是平凡的。是神圣的，也是家常便饭。因为选择了这个职业，也就选择了这种惊世骇俗的思维之地。那个通红的片刻，将鉴定你的一生。

快手刘

冯骥才

人人在童年，都是时间的富翁。胡乱挥霍也使不尽。有时待在家里闷得慌，或者父亲嫌我太闹，打发我出去玩玩儿，我就不免要到离家很近的那个街口，去看快手刘变戏法。

快手刘是个撂地摆摊卖糖的胖大汉子。他有个随身背着的漆成绿色的小木箱，在哪儿摆摊就把木箱放在哪儿。箱上架一条满是洞眼的横木板，洞眼插着一排排廉价而赤黄的棒糖。他变戏法是为吸引孩子们来买糖。戏法十分简单，俗称“小碗扣球”。一块绢子似的黄布铺在地上，两个白瓷小茶碗，四个滴溜溜的大红玻璃球儿，就这再普通不过的三样道具，却叫他变得神出鬼没。他两只手各拿一个茶碗，你明明看见每个碗下边扣着两个红球儿，你连眼皮都没眨动一下，嘿！四个球儿竟然全都跑到一个茶碗下边去了，难道这球儿是从地下钻过去的？他就这样把两只碗翻来翻去，一边叫天喊地，东指一下手，西吹一口气，好像真有什么看不见的神灵做他的助手，四个小球儿忽来忽去，根本猜不到它们在哪里。这种戏法比舞台上的魔术难变，舞台只一边对着观众；街头上的土戏法，前后左右围着一圈人，人们的视线从四面八方射来，容易看出破绽。有一次，我亲眼瞧见他手指飞快地一动，把一个球儿塞在碗下边扣住，便禁不住大叫：

“在右边那个碗底下哪，我看见了！”

“你看见了？”快手刘明亮的大眼珠子朝我惊奇地一闪，跟着换了一种正经的神气对我说：“不会吧！你可得说准了。猜错就得买我的糖。”

“行！我说准了！”我亲眼所见，所以一口咬定。自信使我的声音非常响亮。

谁知快手刘哈哈一笑，突然把右边的茶碗翻过来。

“瞧吧，在哪儿呢？”

咦，碗下边怎么什么也没有呢？只有碗口压在黄布上一道圆圆的印子。难道球儿穿过黄布钻进左边那个碗下边去了？快手刘好像知道我怎么猜想，伸手又把左边的茶碗掀开，同样什么也没有！球儿都飞了？只见他将两只空碗对口合在一起，举在头顶上，口呼一声：“来！”双手一摇茶碗，里面竟然哗哗响，打开碗一看，四个球儿居然又都出现在碗里边。怪，怪，怪！

四边围看的人发出一阵惊讶不已的唏嘘之声。

“怎么样？你输了吧！不过在我这儿输了绝不罚钱，买块糖吃就行了。这糖是纯糖稀熬的，单吃糖也不吃亏。”

我臊得脸皮发烫，在众人的笑声里买了块棒糖，站在人圈后边去。从此我只站在后边看了，再不敢挤到前边去多嘴多舌。他的戏法，在我眼里真是无比神奇了。这也是我童年真正钦佩的一个人。

他那时不过四十多岁吧，正当年壮，精饱神足，肉重肌沉，皓齿红唇，乌黑的眉毛像用毛笔画上去的。他蹲在那里活像一只站着的大白象。一边变戏法，一边卖糖，发亮而外凸的眸子四处流盼，照应八方；满口不住说着逗人的笑话。一双胖胖的手，指肚滚圆，却转动灵活，那四个小球就在这双手里忽隐忽现。我当时有手中奇想，他的手好像是双层的，小球时时藏在夹层里。唉唉，孩提时代的念头，现在不会再有了。

这双异常敏捷的手，大概就是他绰号“快手刘”的来历。他也这样称呼自己，以致在我们居住那一带无人不知他的大名。我童年的许多时光，就是在这最最简单又百看不厌的土戏法里，在这一直也不曾解开的谜阵中，在他这双神奇莫测、令人痴想不已的快手之间消磨的。他给了我多少好奇的快乐呢？

那些伴随着童年的种种人和事，总要随着童年的消逝而远去。我上中学以后就不常见到快手刘了。只是路过那路口时，偶尔碰见他。他依旧那样兴冲冲地变“小碗扣球”，身旁摆着插满棒糖的小绿木箱。

我上高中是在外地。人一走，留在家乡的童年和少年就像合上的书。往昔美好的故事，亲切的人物，甜醉的情景，就像鲜活的花瓣夹在书页里，再翻开都变成了干枯了的回忆。谁能使过去的一切复活？

那去世的外婆、不知去向的挚友，妈妈乌黑的鬈发，久已遗失的那些美丽的书，那跑丢了的绿眼睛的小白猫……还有快手刘。

高中二年级的暑期，我回家度假。一天在离家不远的街口看见十多个孩子围着什么又喊又叫。走近一看，心中怦然一动，竟是快手刘！他依旧卖糖和变戏法，但人已经大变样子。十年不见，他好像度过了二十年。模样接近了老汉。单是身旁摆着的那只木箱，就带些凄然的样子。它破损不堪，黑糊糊，黏腻腻，看不出一点先前那悦目的绿色。横板上插糖的洞孔，多年来给棒糖的竹棍捅大了，插在上边的棒糖东倒西歪。再看他，那肩上、背上、肚子上、臂上的肉都到哪儿去了呢？饱满的曲线没了，衣服下处处凸出尖尖的骨形来；脸盘仿佛小了一圈，眸子无光，更没有当初左顾右盼、流光四射的精神。这双手尤其使我动心——他分明换了一双手！手背上青筋缕缕，污黑的指头上绕着一圈圈皱纹，好像吐尽了丝而皱缩下去的老蚕……于是，当年一切神秘的气氛和绝世的本领都从这双手上消失了。他抓着两只碗口已经碰得破破烂烂的茶碗，笨拙地翻来翻去，那四个小球儿，一会儿没头没脑地撞在碗边上，一会儿从手里掉下来。他的手不灵了！孩子们叫起来：“球在那儿呢！”“在手里哪！”“指头中间夹着哪！”在这喊声里，他慌张，手就愈不灵，抖抖索索搞得他自己也不知道球儿都在哪里了。无怪乎四周的看客只是寥寥一些孩子。

“在他手心里，没错！决没在碗底下！”有个光脑袋的胖小子叫道。

我也清楚地看到，在快手刘扣过茶碗的时候，把地上的球儿取在手中。这动作缓慢迟钝，失误就十分明显。孩子们吵着闹着叫快手刘张开手，快手刘的手却攥得紧紧的，朝孩子们尴尬地掬出笑容。这一笑，满脸皱纹都挤在一起，好像一个皱纸团。他几乎用请求的口气说：

“是在碗里呢！我手里边什么也没有……”

当年神气十足的快手刘哪会用这种口气说话？这些稚气又认真的孩子们偏偏不依不饶，非叫快手刘张开手不可。他哪能张手，手一张开，一切都完了。我真不愿意看见快手刘这一副狼狈的、惶惑的、无措的窘态。多么希望他像当年那次——由于我自作聪明，揭他老底，迫使他亮出一个捉摸不透的绝招。小球突然不翼而飞，呼之即来。如果他再使一下那个绝招，叫这些不知轻重的孩子们领略一下名副其实的快手刘而瞠目结舌多好！但他老了，不再会有那花好月圆的岁月年华了。

我走进孩子们中间，手一指快手刘身旁的木箱说：

“你们都说错了，球儿在这箱子上呢！”

孩子们给我这突如其来的话弄得莫名其妙，都瞅那木箱，就在这时，我眼角瞥见快手刘用一种尽可能的快速度把手里的小球塞到碗下边。

“球在哪儿呢？”孩子们问我。

快手刘笑呵呵翻开地上的茶碗说：

“瞧，就在这儿哪！怎么样？你们说错了吧，买块糖吧，这糖是纯糖熬的，单吃糖也不吃亏。”

孩子们给骗住了，再不喊闹。一两个孩子掏钱买糖，其余的一哄而散。随后只剩下我和从窘境中脱出身来的快手刘，我一扭头，他正瞧我。他肯定不认识我。他皱着花白的眉毛，饱经风霜的脸和灰蒙蒙的眸子里充满疑问，显然他不明白，我这个陌生的青年何以要帮他一下。

北戴河海滨的幻想

徐志摩

他们都到海边去了。我为左眼发炎不曾去。我独坐在前廊，偎坐在一张安适的大椅内，袒着胸怀，赤着脚，一头的散发，不时有风来撩拂。清晨的晴爽，不曾消醒我初起时睡态；但梦思却半被晓风吹断。我阖紧眼帘内视，只见一斑斑消残的颜色，一似晚霞的余赭，留恋地胶附在天边。廊前的马樱，紫荆，藤萝，青翠的叶与鲜红的花，都将他们的妙影映印在水汀上，幻出幽媚的情态无数；我的臂上与胸前，亦满缀了绿荫的斜纹。从树荫的间隙平望，正见海湾：海波亦似被晨曦唤醒，黄蓝相间的波光，在欣然的舞蹈。滩边不时见白涛涌起，迸射着雪样的水花。浴线内点点的小舟与浴客，水禽似的浮着；幼童的欢叫，与水波拍岸声，与潜涛呜咽声，相间的起伏，竞报一滩的生趣与乐意。但我独坐的廊前，却只是静静的，静静的无甚声响。妩媚的马樱，只是幽幽的微辗着，蝇虫也敛翅不飞。只有远近树里的秋蝉在纺纱似的垂引他们不尽的长吟。

在这不尽的长吟中，我独坐在冥想。难得是寂寞的环境，难得是静定的意境；寂寞中有不可言传的和谐，静默中有无限的创造。我的心灵，比如海滨，生平初度的怒潮，已经渐次的消翳，只剩有疏松的海砂中偶尔的回响，更有残缺的贝壳，反映星月的辉芒。此时摸索潮余的斑痕，追想当时汹涌的情景，是梦或是真，再亦不须辨问，只此眉梢的轻皱，唇边的微哂，已足解释无穷奥绪，深深的蕴伏在灵魂的微纤之中。

青年永远趋向反叛，爱好冒险；永远如初度航海者，幻想黄金机缘于浩渺的烟波之外：想割断系岸的缆绳，扯起风帆，欣欣的投入无垠的怀抱。他厌恶的是平安，自喜的是放纵与豪迈。无颜色的生涯，是他目中的荆棘；绝海与凶巇，是他爱取自由的途径。他爱折玫瑰：为她的色香，亦为她冷酷的刺毒。他爱搏狂澜：为他的庄严与伟大，亦为他吞噬一切的天才，最是激发他探险与好奇的动机。他崇拜冲动：不可测，不可节，不可预逆，起，动，消歇皆在无形中，狂飙似的倏忽与猛烈与神秘。他崇拜斗争：从斗争中求剧烈的生命之意义，从斗争中求绝对的实在，在血染的战阵中，呼叫胜利之狂欢或歌败丧的哀曲。

幻象消灭是人生里命定的悲剧；青年的幻灭，更是悲剧中的悲剧，夜一般的沉黑，死一般的凶恶。纯粹的，猖狂的热情之火，不同阿拉亭的神灯，只能放射一时的异彩，不能永久的朗照；转瞬间，或许，便已敛熄了最后的焰舌，只留存有限的余烬与残灰，在未灭的余温里自伤与自慰。

流水之光，星之光，露珠之光，电之光，在青年的妙目中闪耀，我们不能不惊讶造化者艺术之神奇，然可怖的黑影，倦与衰与饱餍的黑影，同时亦紧紧地跟着时日进行，仿佛是烦恼、痛苦、失败，或庸俗的尾曳，亦在转瞬间，彗星似的扫灭了我们最自傲的神辉——流水涸，明星没，露珠散灭，电闪不再！

在这艳丽的日辉中，只见愉悦与欢舞与生趣，希望，闪烁的希望，在荡漾，在无穷的碧空中，在绿叶的光泽里，在虫鸟的歌吟中，在青草的摇曳中——夏之荣华，春之成功。春光与希望，是长驻的；自然与人生，是调谐的。

在远处有福的山谷内，莲馨花在坡前微笑，稚羊在乱石间跳跃，牧童们，有的吹着芦笛，有的平卧在草地上，仰看交幻的浮游的白云，放射下的青影在初黄的稻田中缥缈地移过。在远处安乐的村中，有妙龄的村姑，在流涧边照映她自制的春裙；口衔烟斗的农夫三四，在预度秋收的丰盈，老妇人们坐在家门外阳光中取暖，她们的周围有不少的儿童，手擎着黄白的钱花在环舞与欢呼。

在远——远处的人间，有无限的平安与快乐，无限的春光……

在此暂时可以忘却无数的落蕊与残红；亦可以忘却花荫中掉下的枯叶，私语地预告三秋的情意；亦可以忘却苦恼的僵瘪的人间，阳光与雨露的殷勤，不能再恢复他们腮颊上生命的微笑；亦可以忘却纷争的互杀的人间，阳光与雨露的仁慈，不能感化他们凶恶的兽性；亦可以忘却庸俗的卑琐的人间，行云与朝露的丰姿，不能引逗他们刹那间的凝视；亦可以忘却自觉的失望的人间，绚烂的春时与媚草，只能反激他们悲伤的意绪。

我亦可以暂时忘却我自身的种种；忘却我童年期清风白水似的

天真；忘却我少年期种种虚荣的希冀；忘却我渐次的生命的觉悟；忘却我热烈的理想的寻求；忘却我心灵中乐观与悲观的斗争；忘却我攀登文艺高峰的艰辛；忘却刹那的启示与彻悟之神奇；忘却我生命潮流之骤转；忘却我陷落在危险的旋涡中之幸与不幸；忘却我追忆不完全的梦境；忘却我大海底里埋首的秘密；忘却曾经刳割我灵魂的利刃，炮烙我灵魂的烈焰，摧毁我灵魂的狂飙与暴雨；忘却我的深刻的怨与艾；忘却我的冀与愿；忘却我的恩泽与惠感；忘却我的过去与现在……

过去的实在，渐渐的膨胀，渐渐的模糊，渐渐的不可辨认；现在的实在，渐渐的收缩，逼成了意识的一线，细极狭极的一线，又裂成了无数不相联续的黑点……黑点亦渐次地隐翳？幻术似的灭了，灭了，一个可怕的黑暗的空虚……

我的理想家庭

老　舍

一个二十多岁的小伙子，讲恋爱，讲革命，讲志愿，似乎天地之间，唯我独尊，简直想不到组织家庭——结婚既是爱的坟墓，家庭根本上是英雄好汉的累赘。及至过了三十，革命成功与否，事情好歹不论，反正领略够了人情世故，壮气就差点事儿了。虽然明知家庭之累，等于投胎为马为牛，可是人生总不过如此，多少也都得经验一番，既不坚持独身，结婚倒也还容易。于是发帖子请客，笑着开驶倒车，苦乐容或相抵，反正至少凑个热闹。到了四十，儿女已有二三，贫也好富也好，自己认头苦曳，对于年轻的朋友已经有好些个事儿说不到一处，而劝告他们老老实实的结婚，好早生儿养女，即是话不投缘的一例。到了这个年纪，设若还有理想，必是理想的家庭。倒退二十年，连这么一想也觉泄气。人生的矛盾可笑即在于此，年轻力壮，力求事事出轨，决不甘为火车；及至中年，心理的，生理的，种种理的什么什么，都使他不但非作火车不可，且作货车焉。把当初与现在一比较，判若两人，足够自己笑半天的！或有例外，实不多见。

明年我就四十了，已具说理想家庭的资格：大不必吹，盖亦自嘲。

我的理想家庭要有七间小平房：一间是客厅，古玩字画全非必要，只要几张很舒服宽松的椅子，一二小桌。一间书房，书籍不少，不管什么头版与古本，而都是我所爱读的。一张书桌，桌面是中国漆的，放上热茶杯不至烫成个圆白印儿。文具不讲究，可是都很好用。桌上老有一两枝鲜花，插在小瓶里。两间卧室，我独据一间，没有臭虫，而有一张极大极软的床。在这个床上，横睡直睡都可以，不论怎睡都一躺下就舒服合适，好像陷在棉花堆里，一点也不硬碰骨头。还有一间，是预备给客人住的。此外是一间厨房，一个厕所，没有下房，因为根本不预备用仆人。家中不要电话，不要播音机，不要留声机，不要麻将牌，不要风扇，不要保险柜。缺乏的东西本来很多，不过这几项是故意不要的，有人白送给我也不要。

院子必须很大。靠墙有几株小果木树。除了一块长方的土地，平坦无草，足够打开太极拳的，其他的地方就都种着花草——没有一种珍贵费事的，只求昌茂多花。屋中至少有一只花猫，院中至少也有一两盆金鱼；小树上悬着小笼，二三绿蝈蝈随意地鸣着。

这就该说到人了。屋子不多，又不要仆人，人口自然不能很多：一妻和一儿一女就正合适。先生管擦地板与玻璃，打扫院子，收拾花木，给鱼换水，给蝈蝈一两块绿黄瓜或几个毛豆；并管上街送信买书等事宜。太太管做饭，女儿任助手——顶好是十二三岁，不准小也不准大，老是十二三岁。儿子顶好是三岁，既会讲话，又胖胖的会淘气。母女于做饭之外，就做点针线，看小弟弟。大件衣服拿到外边去洗，小件的随时自己涮一涮。

既然有这么多工作，自然就没有多少工夫去听戏看电影。不过在过生日的时候，全家就出去玩半天；接一位亲或友的老太太给看家。过生日什么的永远不请客受礼，亲友家送来的红白帖子，就一概扔在字纸篓里，除非那真需要帮助的，才送一些干礼去。到过节过年的时候，吃食从丰，而且可以买一通纸牌，大家打打“索儿胡”，赌铁蚕豆或花生米。

男的没有固定的职业；只是每天写点诗或小说，每千字卖上四五十元钱。女的也没事做，除了家务就读些书。儿女永不上学，由父母教给画图，唱歌，跳舞——乱蹦也算一种舞法——和文字，手工之类。等到他们长大，或者也会仗着绘画或写文章卖一点钱吃饭；不过这是后话，顶好暂且不提。

这一家子人，因为吃得简单干净，而一天到晚又不闲着，所以身体都很不坏。因为身体好，所以没有肝火，大家都不爱闹脾气。除了为小猫上房，金鱼甩子等事着急之外，谁也不急叱白脸的。

大家的相貌也都很体面，不令人望而生厌。衣服可并不讲究，都做得很结实朴素：永远不穿又臭又硬的皮鞋。男的很体面，可不露电影明星气；女的很健美，可不红唇卷毛的鼻子朝着天。孩子们都不卷着舌头说话，淘气而不讨厌。

这个家庭顶好是在北平，其次是成都或青岛，至坏也得在苏州。无论怎样吧，反正必须在中国，因为中国是顶文明顶平安的国家；理想的家庭必在理想的国内也。

想北平

老　舍

设若让我写一本小说，以北平作背景，我不至于害怕，因为我可以捡着我知道的写，而躲开我所不知道的。让我单摆浮搁的讲一套北平，我没办法。北平的地方那么大，事情那么多，我知道的真觉太少了，虽然我生在那里，一直到廿七岁才离开。以名胜说，我没到过陶然亭，这多可笑！以此类推，我所知道的那点只是“我的北平”，而我的北平大概等于牛的一毛。

可是，我真爱北平。这个爱几乎是要说而说不出的。我爱我的母亲。怎样爱？我说不出。在我想作一件事讨她老人家喜欢的时候，我独自微微的笑着；在我想到她的健康而不放心的时候，我欲落泪。言语是不够表现我的心情的，只有独自微笑或落泪才足以把内心揭露在外面一些来。我之爱北平也近乎这个。夸奖这个古城的某一点是容易的，可是那就把北平看得太小了。我所爱的北平不是枝枝节节的一些什么，而是整个儿与我的心灵相粘合的一段历史，一大块地方，多少风景名胜，从雨后什刹海的蜻蜓一直到我梦里的玉泉山的塔影，都积凑到一块，每一小的事件中有个我，我的每一思念中有个北平，这只有说不出而已。

真愿成为诗人，把一切好听好看的字都浸在自己的心血里，像杜鹃似的啼出北平的俊伟。啊！我不是诗人！我将永远道不出我的爱，一种像由音乐与图画所引起的爱。这不但是辜负了北平，也对不住我自己，因为我的最初的知识与印象都得自北平，它是在我的血里，我的性格与脾气里有许多地方是这古城所赐给的。我不能爱上海与天津，因为我心中有个北平。可是我说不出来！

伦敦，巴黎，罗马与堪司坦丁堡（通译君士坦丁堡），曾被称为欧洲的四大“历史的都城”。我知道一些伦敦的情形；巴黎与罗马只是到过而已；堪司坦丁堡根本没有去过。就伦敦，巴黎，罗马来说，巴黎更近似北平——虽然“近似”两字要拉扯得很远——不过，假使让我“家住巴黎”，我一定会和没有家一样的感到寂苦。巴黎，据我看，还太热闹。自然，那里也有空旷静寂的地方，可是又未免太旷；不像北平那样既复杂而又有个边际，使我能摸着——那长着红酸枣的老城墙！面向着积水潭，背后是城墙，坐在石上看水中的小蝌蚪或苇叶上的嫩蜻蜓，我可以快乐的坐一天，心中完全安适，无所求也无可怕，像小儿安睡在摇篮里。是的，北平也有热闹的地方，但是它和太极拳相似，动中有静。巴黎有许多地方使人疲乏，所以咖啡与酒是必要的，以便刺激；在北平，有温和的香片茶就够了。

论说巴黎的布置已比伦敦罗马匀调的多了，可是比上北平还差点事儿。北平在人为之中显出自然，几乎是什么地方既不挤得慌，又不太僻静：最小的胡同里的房子也有院子与树；最空旷的地方也离买卖街与住宅区不远。这种分配法可以算——在我的经验中——天下第一了。北平的好处不在处处设备得完全，而在它处处有空儿，可以使人自由的喘气；不在有好些美丽的建筑，而在建筑的四围都有空闲的地方，使它们成为美景。每一个城楼，每一个牌楼，都可以从老远就看见。况且在街上还可以看见北山与西山呢！

好学的，爱古物的，人们自然喜欢北平，因为这里书多古物多。我不好学，也没钱买古物。对于物质上，我却喜爱北平的花多菜多果子多。花草是种费钱的玩艺，可是此地的“草花儿”很便宜，而且家家有院子，可以花不多的钱而种一院子花，即使算不了什么，可是到底可爱呀。墙上的牵牛，墙根的靠山竹与草茉莉，是多么省钱省事而也足以招来蝴蝶呀！至于青菜，白菜，扁豆，毛豆角，黄瓜，菠菜等等，大多数是直接由城外担来而送到家门口的。雨后，韭菜叶上还往往带着雨时溅起的泥点。青菜摊子上的红红绿绿几乎有诗似的美丽。果子有不少是由西山与北山来的，西山的沙果，海棠，北山的黑枣，柿子，进了城还带着一层白霜儿呀！哼，美国的橘子包着纸；遇到北平的带霜儿的玉李，还不愧杀！

是的，北平是个都城，而能有好多自己产生的花，菜，水果，这就使人更接近了自然。从它里面说，它没有像伦敦的那些成天冒烟的工厂；从外面说，它紧连着园林，菜圃与农村。采菊东篱下，在这里，确是可以悠然见南山的；大概把“南”字变个“西”或“北”，也没有多少了不得的吧。像我这样的一个贫寒的人，或者只有在北平能享受一点清福了。

好，不再说了吧；要落泪了，真想念北平呀！

住所的话

郁达夫

自以为青山到处可埋骨的飘泊惯的流人，一到了中年，也颇以没有一个归宿为可虑；近来常常有求田问舍之心，在看书倦了之后，或夜半醒来，第二次再睡不着的枕上。

尤其是春雨萧条的暮春，或风吹枯木的秋晚，看看天空，每会作赏雨茅屋及江南黄叶村舍的梦想；游子思乡，飞鸿倦旅，把人一年年弄得意气消沉的这时间的威力，实在是可怕，实在是可恨。

从前很喜欢旅行，并且特别喜欢向没有火车飞机轮船等近代交通利器的偏僻地方去旅行。一步一步地缓步着，向四面绝对不曾见过的山川风物回视着，一刻有一刻的变化，一步有一步的境界。到了地旷人稀的地方，你更可以高歌低唱，袒裼裸裎，把社会上的虚伪的礼节，谨严的态度，一齐洗去。人与自然，合而为一，大地高天，形成屋宇。蠛蠓蚁虱，不觉其微，五岳昆仑，也不见其大。偶或遇见些茅篷泥壁的人家，遇见些性情纯朴的农牧，听他们谈些极不相干的私事，更可以和他们一道的悲，一道的喜。半岁的鸡娘，新生一蛋，其乐也融融，与国王年老，诞生独子时的欢喜，并无什么分别。黄牛吃草，嚼断了麦穗数茎，今年的收获，怕要减去一勺，其悲也戚戚，与国破家亡的流离惨苦，相差也不十分远。

至于有山有水的地方呢，看看云容岩影的变化，听听大浪啮矶的音乐，应临流垂钓，或松下息阴。行旅者的乐趣，更加可以多得如放翁的入蜀道，刘阮的上天台。

这一种好游旅，喜飘泊的情性，近年来渐渐地减了；连有必要的事情，非得上北平上海去一次不可的时候，都一天天地拖延下去，只想不改常态，在家吃点精致的菜，喝点芳醇的酒，睡睡午觉，看看闲书，不愿意将行动和平时有所移易；总之是懒得动。

而每次喝酒，每次独坐的时候，只在想着计划着的，却是一间洁净的小小的住宅，和这住宅周围的点缀与铺陈。

若要住家，第一的先决问题，自然是乡村与城市的选择。以清静来说，当然是乡村生活比较得和我更为适合。可是把文明利器——如电灯自来水等——的供给，家人买菜购物的便利，以及小孩的教育问题等合计起来，却又觉得住城市是必要的了。具城市之外形，而又富有乡村的景象之田园都市，在中国原也很多。北方如北平，就是一个理想的都城；南方则未建都前之南京，濒海的福州等处，也是住家的好地。可是乡土的观念，附着在一个人的脑里，同毛发的生于皮肤一样，丛长着原没有什么不对，全脱了却也势有点儿不可能。所以三年之前，也是在一个春雨霏微的节季，终于听了霞的劝告，搬上杭州来住下了。

杭州这一个地方，有山有湖，还有文明的利器，儿童的学校，去上海也只有四个钟头的火车路程，住家原没有什么不合适。可是杭州一般的建筑物，实在太差，简直可以说没有一间合乎理想的住宅，旧式的房子呢，往往没有院子，顶多顶多也不过有一堆不大有意义的假山，和一条其实是只能产生蚊子的鱼池。所谓新式的房子呢，更加恶劣了，完全是上海弄堂洋房的抄袭，冬天住住，还可以勉强，一到夏天，就热得比蒸笼还要难受。而大抵的杭州住宅，都没有浴室的设备，公共浴场呢，又觉得不卫生而价贵。

所以自从迁到杭州来住后，对于住所的问题，更觉得切身地感到了。地皮不必太大，只教有半亩之宫，一亩之隙，就可以满足。房子亦不必太讲究，只须有一处可以登高望远的高楼，三间平屋就对。但是图书室，浴室，猫狗小舍，儿童游嬉之处，灶房，却不得不备。房子的四周，一定要有阔一点的回廊；房子的内部，更需要亮一点的光线。此外是四周的树木和院子里的草地了，草地中间的走路，总要用白沙来铺才好。四面若有邻舍的高墙，当然要种些爬山虎以掩去墙头，若系旷地，只须植一道矮矮的木栅，用黑色一涂就可以将就。门窗当一例以厚玻璃来做，屋瓦应先钉上铅皮，然后再覆以茅草。

照这样的一个计划来建筑房子，大约总要有二千元钱来买地皮，四千元钱来充建筑费，才有点儿希望。去年年底，在微醉之后，将这私愿对一位朋友说了一遍，今年他果然送给了我一块地，所以起楼台的基础，倒是有了。现在只在想筹出四千元钱的现款来建造那一所理想的住宅。胡思乱想的结果，在前两三个月里，竟发了疯，将烟钱酒钱省下了一半，去买了许多奖券；可是一回一回的买了几次，连末尾也不曾得过，而吃了坏烟坏酒的结果，身体却显然受了损害了。闲来无事，把这一番经过，对朋友一说，大家笑了一场之后，就都为我设计，说从前的人，曾经用过的最上妙法，是发自己的讣闻，其次是做寿，再其次是兜会。

可是为了一己的舒服，而累及亲戚朋友，也着实有点说不过去，近来心机一转，去买了些《芥子园》《三希堂》等画谱来，在开始学画了；原因是想靠了卖画，来造一所房子，万一画画，仍旧是不能吃饭，那么至少至少，我也可以画许多房子，挂在四壁，给我自己的想象以一顿醉饱，如饥者的画饼，旱天的画云霓。这一个计划，若不至于失败，我想在半年之后，总可以得到一点慰安。

记耀春之殇

郁达夫

只教是一个动物，既然生了下来，不过迟早几年或几十年，死总免不了的。中国人的俗语，很彻底的在说，先注死后注生。英文中的一个不能免于死亡的形容词，大家在当作人字解，叫 Mortal。

这一种谛观，这一种死的哲学的解释，当然谁也明白，我也晓得；但是对于死之伤痛，尤其是对于一个与己身有关的肉亲的死之伤痛，可终也不能学作太上的忘情。从前的圣贤，为悼爱子之丧，尚且哭至失明，我生原不肖，我又哪得不哭？

幼子耀春，生下来刚只两整年；是我们逃出上海，迁住杭州之后的那一年旧历五月十八日生的。搬家的时候，霞就有点害怕，怕于忙乱之中，要先期早产。用了种种的苦心，费了种种的周折，总算把家搬定了，胎也安下了，我们在灯下闲谈，就说及这一个未来的生命的命名。长子飞，次子云，是从岳家军里抄来的名字；同时《三国志》里，也有飞、云的两位健将。那时候我们只希望有一位乖巧的女孩儿来娱老境，所以我首先就提议，生下来若是女孩，当叫她作银瓶，藉以凑成大小眼将军一门忠孝节义的全套。而霞又说："若是男孩呢，可以叫他作亮；有了猛将，自然也少不得谋臣，历史上的智谋奇略之士，我只佩服那位鞠躬尽瘁，死而后已的诸葛武侯。"

他的生日，是一般民间所崇奉的元帅菩萨的生日，元帅菩萨的前身，当然是唐时的张睢阳巡。现在桐庐的桐君山上，还有一尊张睢阳的塑像塑在那里，百姓祀之唯谨，说这一位菩萨，有绝大的灵感。生下来之后，我也曾想到了那个巡字，但后来却终于被霞说服了，就叫他作亮；小名的耀春，系由阳春，殿春二位哥哥的名字而来的称谓；既名曰亮，自然有光，故而称耀，写作曜字，亦自可通。

他的先天是很足的，生下来时的肥硕，虽没有过过磅，可是据助产妇说来，在杭州城里，产儿的身体，肥得这样的，却很少见。三朝之后，就为雇乳母的事情，闹成了满城的风雨。原因是为了他的食量之大，应雇而来的将近百数个的乳母，每人都不够他的一天之食。好容易上诸暨去找了一个人来，奶总算够吃；但吃满周岁，她的奶也终于干涸，结果就促生了他去年夏季的奶痞之病。

去年天热，我和霞和飞，都去青岛住了月余；后来由青岛而之北平，由北平而去北戴河，一住再住，有两个多月不在家里。后来航空信来了，电报来了，都说耀春的病重，催我们马上回家，我们在赶回来的路上，一夕数惊，每从睡梦里骇醒过来，以为这一个末子终于无更生之望了，但后经同学钱潮医生的几次诊治，他的疳病竟霍然若失，到了秋天，又回复了平时肥白的状态。

经过了这一次的大病，大家总以为他是该有命的，以后总是很好养了；殊不知今年春天，又出了慢性中耳炎的恶疾，这一回又因伤风而成肺炎，最后才变成了结核性脑膜炎的绝症。卧病不上半月，竟在五月二十日（阴历四月十八，去年有闰月，距他生日，刚满廿四个月）的晚上去世了。

他的这一回的生病，异常的乖，不哭不闹，终日只是昏昏地睡着。经钱医生验了血液，抽了脊髓以后，决定了他的万无生望，我们才借了一辆车，送他回了富阳的原籍。

墓碑葬具以及坟地等预备好之后，将他移入到东门外的一家寺院中去的早晨，他的久已干枯的眼角上才开始滴了几滴眼泪。这是从他害病之日起，第一次见到的眼泪。他人虽则小，灵性想来是也有的。人之将死，总有一番痛苦与哀愁，可怜他说话都还不曾学会，而这死的痛苦，死的哀愁，却同大人一样地深深尝透了；“彼凡人之相亲，小离别而怀恋，况中殇之爱子，乃千秋而不见！”我的衷情，当然也比他自己临死时的伤痛不会得略有减处。

十年前龙儿死在北平，我没有见到他的尸身，也没有见到他的棺殓，百日之后，离开北平，还觉得泪流不止。现在他的坟土未干，我的陪病失眠的疲倦未复，每日闲坐在书斋看看中天的白日，惘惘然似乎只觉着缺少了一件东西；再切实一点的说来，似乎自己的一个头，一个中藏着脑髓，司思想运动的头颅不见了。

十年之中，两丧继体，床帷依旧，痛感人亡；一想到他的明眸丰颊，玉色和声，当然是不能学东门吴子之无忧。情之所钟，正在我辈，一到深宵人静，仰视列星，我只有一双终夜长开的眼睛而已；潘岳思子之诗，庾信伤心之赋，我做也做不出，就是做了也觉得是无益的。

附：

志亡儿耀春之殇

其一

嬴博之间土已陈。千秋亭畔草如茵。
虚堂月落星繁夜。泚笔为文记耀春。

其二

命似潘儿过七旬。佯啼假笑也天真。
两年掌上晨昏舞。慰我黔娄一段贫。

其三

跬步还须阿母扶。褰裳言语尚模糊。
免教物在人亡后。烧去红绫半幅襦。

其四

明眸细齿耳垂长。玉色双拳带乳香。
收取生前儿戏具。筠笼从此不开箱。

其五

魂魄何由入梦来。东西歧路费疑猜。
九泉怕有人欺侮。埋近先茔为树槐。

其六

生小排行列第三。阿戎原是出青蓝。
怜他阮籍猖狂甚。来对荒坟作醉谈。

论诚意

朱自清

诚伪是品性，却又是态度。从前论人的诚伪，大概就品性而言。诚实，诚笃，至诚，都是君子之德；不诚便是诈伪的小人。品性一半是生成，一半是教养；品性的表现出于自然，是整个儿的为人。说一个人是诚实的君子或诈伪的小人，是就他的行迹总算账。君子大概总是君子，小人大概总是小人。虽然说气质可以变化，盖了棺才能论定人，那只是些特例。不过一个社会里，这种定型的君子和小人并不太多，一般常人都浮沉在这两界之间。所谓浮沉，是说这些人自己不能把握住自己，不免有诈伪的时候。这也是出于自然。还有一层，这些人对人对事有时候自觉的加减他们的诚意，去适应那局势。这就是态度。态度不一定反映出品性来；一个诚实的朋友到了不得已的时候，也会撒个谎什么的。态度出于必要，出于处世的或社交的必要，常人是免不了这种必要的。这是“世故人情”的一个项目。有时可以原谅，有时甚至可以容许。态度的变化多，在现代多变的社会里也许更会使人感兴趣些。我们嘴里常说的，笔下常写的“诚恳”“诚意”和“虚伪”等词，大概都是就态度说的。

但是一般人用这几个词似乎太严格了一些。照他们的看法，不诚恳无诚意的人就未免太多。而年轻人看社会上的人和事，除了他们自己以外差不多尽是虚伪的。这样用“虚伪”那个词，又似乎太宽泛了一些。这些跟老先生们开口闭口说“人心不古，世风日下”同样犯了笼统的毛病。一般人似乎将品性和态度混为一谈，年轻人也如此，却又加上了“天真”“纯洁”种种幻想。诚实的品性确是不可多得，但人孰无过，不论哪方面，完人或圣贤总是很少的。我们恐怕只能宽大些，卑之无甚高论，从态度上着眼。不然无谓的烦恼和纠纷就太多了。至于天真纯洁，似乎只是儿童的本分——老气横秋的儿童实在不顺眼。可是一个人若总是那么天真纯洁下去，他自己也许还没有什么，给别人的麻烦却就太多。有人赞美“童心”“孩子气”，那也只限于无关大体的小节目，取其可以调剂调剂平板的氛围气。若是重要关头也如此，那时天真恐怕只是任性，纯洁恐怕只是无知罢了。幸而不诚恳，无诚意，虚伪等等已经成了口头禅，一般人只是跟着大家信口说着，至多皱皱眉，冷笑笑，表示无可奈何的样子就过去了。自然也短不了认真的，那却苦了自己，甚至于苦了别人。年轻人容易认真，容易不满意，他们的不满意往往是社会改革的动力。可是他们也得留心，若是在诚伪的分别上认真得过了分，也许会成为虚无主义者。

人与人事与事之间各有分际，言行最难得恰如其分。诚意是少不得的，但是分际不同，无妨斟酌加减点儿。种种礼数或过场就是从这里来的。有人说礼是生活的艺术，礼的本意应该如此。日常生活里所谓客气，也是一种礼数或过场。有些人觉得客气太拘形迹，不见真心，不是诚恳的态度。这些人主张率性自然。率性自然未尝不可，但是得看人去。若是一见生人就如此这般，就有点野了。即使熟人，毫无节制的率性自然也不成。夫妇算是熟透了的，有时还得“相敬如宾”，别人可想而知。总之，在不同的局势下，率性自然可以表示诚意，客气也可以表示诚意，不过诚意的程度不一样罢了。客气要大方，合身份，不然就是诚意太多；诚意太多，诚意就太贱了。

看人，请客，送礼，也都是些过场。有人说这些只是虚伪的俗套，无聊的玩意儿。但是这些其实也是表示诚意的。总得心里有这个人，才会去看他，请他，送他礼，这就有诚意了。至于看望的次数，时间的长短，请作主客或陪客，送礼的情形，只是诚意多少的分别，不是有无的分别。看人又有回看，请客有回请，送礼有回礼，也只是回答诚意。古语说得好，“来而不往非礼也”，无论古今，人情总是一样的。有一个人送年礼，转来转去，自己送出去的礼物，有一件竟又回到自己手里。他觉得虚伪无聊，当作笑谈。笑谈确乎是的，但是诚意还是有的。又一个人路上遇见一个本不大熟的朋友向他说，“我要来看你。”这个人告诉别人说，“他用不着来看我，我也知道他不会来看我，你瞧这句话才没意思哪！”那个朋友的诚意似乎是太多了。凌叔华女士写过一个短篇小说，叫做《外国规矩》，说一位青年留学生陪着一位旧家小姐上公园，尽招呼她这样那样的。她以为让他爱上了，哪里知道他行的只是“外国规矩”！这喜剧由于那位旧家小姐不明白新礼数，新过场，多估量了那位留学生的诚意。可见诚意确是有分量的。

人为自己活着，也为别人活着。在不伤害自己身份的条件下顾全别人的情感，都得算是诚恳，有诚意。这样宽大的看法也许可以使一些人活得更有兴趣些。西方有句话，“人生是做戏。”做戏也无妨，只要有心往好里做就成。客气等等一定有人觉得是做戏，可是只要为了大家好，这种戏也值得做的。另一方面，诚恳，诚意也未必不是戏。现在人常说，“我很诚恳的告诉你”，“我是很有诚意的”，自己标榜自己的诚恳，诚意，大有卖瓜的说瓜甜的神气，诚实的君子大概不会如此。不过一般人也已习惯自然，知道这只是为了增加诚意的分量，强调自己的态度，跟买卖人的吆喝到底不是一回事儿。常人到底是常人，得跟着局势斟酌加减他们的诚意，变化他们的态度；这就不免沾上了些戏味。西方还有句话，“诚实是最好的政策”，“诚实”也只是态度；这似乎也是一句戏词儿。

初　冬

萧　红

初冬，我走在清凉的街道上遇见了我的弟弟。

“莹姐，你走到哪里去？”

“随便走走吧！”

“我们去吃一杯咖啡，好不好？莹姐。”

咖啡店的窗子在帘幕下挂着苍白的霜层。我把领口脱着毛的外衣搭在衣架上。

我们开始搅着杯子玲啷的响了。

“天冷了吧！并且也太孤寂了，你还是回家的好。”弟弟的眼睛是深黑色的。

我摇了头，我说：“你们学校的篮球队近来怎么样？还活跃吗？你还是很热心吗？”

“我掷筐掷得更进步，可惜你总也没到我们的球场上来了。你这样不畅快是不行的。”

我仍搅着杯子，也许飘流久了的心情，就和离了岸的海水一般，若非遇到大风是不会翻起的，我开始弄着手帕。弟弟再向我说什么我已不去听清他，仿佛自己是沉坠在深远的幻想的井里。

我不记得怎样咖啡被我吃干了杯了。茶匙在搅着空的杯子时，弟弟说：“再来一杯吧！”

女侍者带着欢笑一般飞起的头发来到我们桌边。她又用很响亮的脚步摇摇地走了去。

也许是因为清早或是天寒，再没有人走进这咖啡店。在弟弟默默看着我的时候，在我的思想宁静得玻璃一般平的时候，壁间暖气管小小嘶鸣的声音都听得到了。

“天冷了，还是回家好，心情这样不畅快长久了是无益的。”

“怎么！”

“太坏的心情与你有什么好处呢？”

“为什么要说我的心情不好呢？”

我们又都搅着杯子。有外国人走进来，那响着嗓子的、嘴不住在说的女人，就坐在我们的近边。她离得我越近，我越嗅到她满衣的香气，那使我感到她离得我更辽远，也感到全人类离得我更辽远。也许她那安闲而幸福的态度与我一点联系也没有。

我们搅着杯子，杯子不能像起初搅得发响了。街车好像渐渐多了起来，闪在窗子上的人影迅速而且繁多了。隔着窗子可以听到暗哑的笑声和暗哑的踏在行人道上的鞋子的声音。

“莹姐，”弟弟的眼睛是深黑色的。“天冷了，再不能飘流下去，回家去吧！”弟弟说，“你的头发这样长了，怎么不到理发店去一次呢？”我不知为什么被他这话所激动了。

也许要熄灭的灯火在我心中复燃起来，热力和光明鼓荡着我：

“那样的家我是不想回去的。”

“那么飘流着，就这样飘流着？”弟弟的眼睛是深黑色的。他的杯子留在左手里边，另一只手在桌面上手心向上翻张了开来，要在空间摸索着什么似的。最后他是捉住他自己的领巾。我看着他在抖动的唇嘴：“莹姐，我真担心你这个女浪人！”他的牙齿好像更白了些，更大些，而且有力了，而且充满热情了。为热情而波动，他的嘴唇是那样的退去了颜色。并且他的全人有些近乎狂人，然而是安静的，完全被热情侵占着的。

出了咖啡店，我们在结着薄碎的冰雪上面踏着脚。

初冬，早晨的红日扑着我们的头发，这样的红光使我感到欣快和寂寞。弟弟不住地在手下摇着帽子，肩头耸起了又落下了；心脏也是高了又低了。

渺小的同情者和被同情者离开了市街。

停在一个荒败的枣树园的前面时，他突然把很厚的手伸给了我，这是在我们要告别了。

“我到学校去上课！”他脱开我的手向着和我相反的方向背转过去。可是走了几步又转回来：

“莹姐，我看你还是回家的好！”

“那样的家我是不能回去的，我不愿意受和我站在两极端父亲的豢养……”

“那么你要钱用吗？”

“不要的。”

“那么你就这个样子吗？你瘦了！你快要生病了！你的衣服也太薄啊！”弟弟的眼睛是深黑色的，充满着祈祷和愿望。我们又握过手，分别方向走去。

太阳在我的脸面上闪闪耀耀，仍和未遇见弟弟以前一样，我穿着街头，我无目的地走。寒风，刺着喉头，时时要发作小小的咳嗽。

弟弟留给我的是深黑色的眼睛，这在我散漫与孤独的流荡人的心板上，怎能不微温了一个时刻？